GOBOOKS
& SITAK
GROUP©

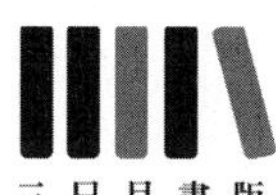
三日月書版

三日月書版

輕世代
FW156
隔壁の美少女是傳龍不可以嗎？
4
END
甚音◆NOVEL
ILLUST◆雨宮luky
三日月書版

目錄

17歲，雲景高中一年級。喜歡黑色的服飾。
有一點大小姐性格，身為驕傲尊貴的龍族，卻因為年紀輕的緣故，對人類世界的知識不足，常常犯下一些傻事。
不喜歡被兄姐當作小孩子看待，時常想證明自己可以獨立自主。
畢竟是女孩子，私下喜歡可愛的小東西。

16歲，雲景高中一年級。

綽號是班長，在班上擔任的卻是副班長。

性格溫和、老實，平常不太與人爭執，像個好好先生一樣禮讓他人，但遇到必須保護的東西時，內心能夠激發出勇氣。

受到瘋迷於奇幻魔法的媽媽影響，對智慧種族非常有興趣，偏偏得了「智慧種族過敏症」，而相當苦惱。未來希望念和智慧種族相關的科系。

序

昏黃的燈光整晚都不疲倦地灑落在桌前，靜謐的空氣中，傳來鉛筆劃過紙頁以及翻書的沙沙聲響，終於，韓宇庭把筆往桌上一扔，伸展四肢大大地伸了一個懶腰。

呼哇！

「好煩呀，怎麼讀都讀不懂。」

軟軟地癱在椅背上，覺得心浮氣躁。

明明整晚都坐在桌前好好努力了，課本依舊像有字天書一樣難以理解。明明每個字都認得，可是當它們連成句子後，卻好像對彼此有深仇大恨般怎樣也無法和平共處，讀來讓人頭暈腦脹。

「我說啊，你們不都是中文字嗎？為什麼要把彼此當成不共戴天的仇人一樣呢？」

即使如此詢問著，也不可能得到答案，反倒是一個晚上下來，過熱的腦袋彷彿就要當機似的，精神沒有辦法集中。

「這個時候要是有『她』在就好了。」

不經意的字句由嘴裡呢喃出來，韓宇庭搔了搔頭，空虛地凝視著天花板。

「她」的講解既清晰又淺顯，很多上課時搞不清楚的部分，只要經她那麼一講，總能全部豁然貫通。

可是「她」此刻卻不在身邊。

啊啊！不知不覺已經過去了整整一個月，但為何思念依然這麼強烈？

「韓宇庭，該睡覺囉！你明天還要早起呢！」

樓下，傳來媽媽催促上床的呼喚，韓宇庭趕緊從癱坐的狀態中爬起，被壓低的椅背刷啦一聲恢復到原有的位置。

「我知道了！」

他一邊回應，一邊闔上書本，三兩下輕鬆地扔進書包裡頭。站起身，預備去解開窗簾的繫繩。

就在這時候，韓宇庭的手指停頓了一下。

透過書桌前的小窗，可以望見籠罩在柔柔月光下的家旁夜景，正對著窗口的正是他們左鄰的住宅。

韓宇庭家位於雲景市郊區的別墅社區，左鄰右舍都空了許多年，然而就在不久之前，有一戶家庭搬進了這裡，讓一直渴望著有鄰居作伴的他高興得不得了。

雖然一開始被他們的真實身分嚇了一跳，接下來有時被捉弄，有時惹上麻煩，有時灰頭土臉，但是很快地，這戶人家卻和韓宇庭的感情變得十分融洽。

搬來的鄰居是三個姐弟妹。驕矜狂妄，不按牌理出牌的長女；外表嚇人，實際上卻溫和敦厚的長男；以及年紀最小的那名少女，名為龍羽黑，甚至成為了韓宇庭的同班同學，兩人一起度過了許多快樂的時光。

只是，現在一切都已經不再。

從一扇扇窗戶間透出來的孤寂漆黑，枝葉繁茂爬滿建築物的常春藤隨風搖曳，許久未經整理的庭院

內，垂頭喪氣的每一株植物，訴說著此處早已人去樓空的事實。

韓宇庭的喉嚨像吞了一顆鐵蛋般，總覺得有什麼哽在那裡。

「龍同學……不知道妳現在在哪裡，過得好不好呢？」

思念隨著天頂上的月光悄悄傳遞，但是它又要傳遞到哪裡呢？韓宇庭家的燈光就在這孤寂的社區中獨自綻亮，像黑暗荒原中唯一的一座燈塔。

片刻後，就連這間屋子的最後一盞燈也緩緩地熄滅了，沉睡著，在這漫長的夜晚。

鄰家不再有龍。

一、龍羽黑的消失

「您說什麼？」

「龍同學……要回去魔法世界？」

精靈阿賽兒所開設的美味蛋糕店內，乍然聽見紫晴拋出如此晴天霹靂的消息，每個人的臉上都露出了驚訝的表情，原本熱烈歡欣的氣氛一下子冷凝起來。

怎麼會這麼突然？

接續在韓宇庭的高喊聲後，其他人也忍不住一陣譁然，唯有紫晴依舊露出平淡且認真的神色，彷彿這群小高中生們的反應全在她的意料之內。

「龍媽媽真愛說笑！」說話的是向來天不怕地不怕，最不懂得看氣氛的砲灰，「您是不是擔心羽黑同學在人類世界過得不適應？這點您不必煩惱啦，她身旁有我們這一群好夥伴，都會好好照顧她的。尤其是韓宇庭，這傢伙可是對您女兒著迷得要死，一天二十四小時恐怕都在想著羽黑學的事，而且又住得這麼近，簡直堪比五星級管家服務了，所以說，根本就沒有回去的道理呀，您說是不是，呵呵……」

砲灰無厘頭地把手舉到一半，可是看見了紫晴的目光，卻再也放不下來了。

「呵呵……呵呵……您不是在開玩笑嗎？」

場面有些尷尬。

「我看起來像是在開玩笑嗎？」

砲灰臉上的表情瞬間凍僵。

黎雅心用力地捏了他的大腿，咬牙切齒地用氣音抱怨：「拜託你看一下狀況好不好？」

「媽媽！」龍羽黑雙手緊緊按住桌緣，顯然同樣始料未及。「這、這是怎麼一回事呀？」

黑髮少女的視線在好友和母親的臉上來回游移，慌慌張張地咬著嘴唇。

「為什麼我從來沒有聽說過？媽媽，請您說清楚一點好嗎？」

紫睛面不改色。「雖然對各位有些抱歉，但羽黑必須和我一起回去。羽黑和各位相處的日子這麼短，但依照受到各位相當多的照顧，我衷心感謝。」

她流利地說出這番話，接著轉頭面向龍羽黑。

「羽黑，這是為了要參與龍族一項重要的儀式，妳也到了適當的年紀了，必須回去參加。」

「到、到底是什麼儀式？」

「除了妳的成年禮，還會是什麼呢？」紫睛理所當然似地回答。

「成年禮？」龍羽黑睜大了眼睛。

「再過不久，就是妳的十七歲生日了，妳要在儀式上接受祝福，正式成為龍族的成員，為整個種族盡心盡力。」

吃驚的龍羽黑半掩著嘴，「您、您的意思，難不成是要我一輩子留在魔法世界嗎？」

紫晴毫不猶豫地點了點頭，「依照情況的話，很可能是這樣。」

「不！」龍羽黑尖叫道，「怎麼可以這樣？我不接受！」

紫晴的眉頭微微蹙了起來。

「媽媽，我想要留在這裡……我才剛交到這麼多好朋友，我不想和他們分開。」

「羽黑，這是身為龍族的職責。」

「可、可是……」龍羽黑顯得更慌張了，「拜託妳再考慮一下，我可以不要參加什麼成年禮嗎？」

「別說這些孩子氣的話。」

紫晴的態度非常堅決，打碎了龍羽黑殘存的最後一絲希望。

「不，我不要！」她突然用力地推開了椅子。

「羽黑！」

紫晴厲喝一聲，黑髮少女往外跑的腳步不由得頓了一頓，可是猶豫半晌後，仍然做出了人生第一次抗拒母親的決定。

砰咚！

推開母親，猛往外衝的龍羽黑把店門口處的阿賽兒和其他客人都嚇了一跳，而紫晴目視著女兒的背影，只有在那短暫的一瞬間將情緒顯露出來，在場的人都沒有注意到。

「真是的，媽！」

另一桌的龍鱗銀沒好氣地站起來追出去。

「氣氛被妳弄得這麼僵，這些話妳就不能回到家之後再好好說嗎？算了，我先去把小黑找回來！」

她在經過韓宇庭這桌時停下了腳步。

「各位真是抱歉，害你們覺得不愉快。小黑她只是在耍耍小性子，過一陣子等她消氣之後就沒事了，用不著緊張。你們可以坐在這裡慢慢把茶喝完。」

「等、等一下，鱗銀大姐！」砲灰攔住了龍鱗銀，「請問阿姨剛剛說的是真的嗎，羽黑同學真的要離開我們了？這未免也突然了吧？」

「就是說啊！」伊莉莎白跟著說道，「本、本姑娘好不容易才稍微看她看得比較順眼了一些呢！」

多麼希望龍鱗銀能在此時開口否認，消除他們心中的所有疑慮，然而銀髮女子遲疑了半刻之後，卻是沉重地搖了搖頭，粉碎了他們的希望。

「雖說是事實，但你們也不必這麼絕望，事情一定會有轉機的！」

龍鱗銀說完便匆匆跑了出去，紫睛則慢慢跟在她的後面離開。

「你也趕快去追羽黑吧！」黎雅心對韓宇庭說道，「我們這些人之中，就屬你和她的關係最要好了，突然遇到了這麼重大的變故，她現在的心情一定十分難受，這時候最需要的就是有人陪在她身邊。」

「沒錯，快點去吧！」砲灰難得地半嚴肅半開玩笑地說，「害得公主傷心的話，你這騎士可就失職了。」

「用不著你說，我也馬上就會去找她。只不過……那你們呢？」

「碰到這種事情，誰還有心情坐在這裡喝茶啊？」伊莉莎白不悅地站了起來，「本姑娘要回家去了。」

「雖然搞不清楚是怎麼回事，但紫晴女士看起來好像不怎麼好說話的樣子，天知道事情會不會越弄越僵。」米娜嘆了口氣，「雖然說別人的家務事我們不好意思多管，但羽黑同學再怎麼也是我們的朋友呀。韓宇庭，要是確定了進一步的狀況，請你立即和我們聯絡。」

「我會的。」

韓宇庭點了點頭，抓起自己的書包，三兩下跑出了店外。

「咦，這麼快就要走啦？看你們其他人剛才那麼急著跑出去，是不是發生了什麼事？」不知情的阿賽兒小姐站在櫃檯邊關切，不過她的聲音很快便遠遠地被拋到了後頭。韓宇庭一來到街上，就發現龍鱗銀站在路口，一副等得不耐煩的模樣。

人來人往的十字路口，看不見龍羽黑的蹤影，一時之間不確定該往哪裡去，拿不定主意的龍鱗銀藉著憤怒將心中的不滿傾瀉而出。

「媽，妳到底在做些什麼？」

「我只是將羽黑應該知道的事情告知給她而已。」紫晴平淡地說道。

「那為什麼要現在說？」

「長大這種事情，任何人有辦法選擇拒絕嗎？無論如何，她遲早必須面對這件事情。」

「嗚！」龍鱗銀一時啞口無言，「但、但是妳也不必選在她朋友面前，這麼突然地說出來吧？這豈不是故意要害小黑尷尬？」

「我只是在測試審判者和下等種族之間的羈絆到達什麼程度而已，這是必要的測試。看來他們之間的牽扯比我想像中還要深，她甚至已經完全認為自己是他們的一分子了。」

「到了現在妳還不認為自己有錯。」龍鱗銀激動得渾身顫抖，「為什麼要這麼不留情面，妳看不出來小黑非常珍惜她的朋友們嗎？」

「我當然看得出來，女兒……不，銀鱗，我再三提醒過，妳們都屬於九龍，有必須承擔的義務。更何況，龍族的心靈沒有妳說的那麼脆弱，妳們這些豐沛的內心情感，只不過是將自己侷限在人類的身體裡所造成的結果，一旦恢復了原來的型態，便會覺得一切都不算什麼。」

「妳這麼說太不尊重小黑了，難道她和下族朋友之間的友誼在妳眼中就一點價值也沒有嗎？」

「像龍族這樣心智淵博又極端長壽的種族，根本不適合和下等種族有太多牽連。」

龍鱗銀深吸了一口氣，「妳這樣子，和德古拉那些瞧不起自身種族以外的智慧種族『上族』有什麼分別！」

「當然有分別。」紫晴說道，「所謂的上族只是懷抱著空泛的優越感，他們並不知道自己和其他智慧種族沒什麼兩樣，而我從未鄙視過任何人，我依理性實話實說。龍族和別的種族天生有著巨大的差別，我們是不被感情支配的高等生物，即使並非全無感情，但也非常稀薄。」

「稀薄……稀薄到連自己的兒女都可以傷害？」

紫晴移開視線，沒有回答。

母女的吵架吸引了行人注意，紛紛投來摻雜著好奇、疑惑和驚訝的目光，就連不遠處的韓宇庭都覺得有些不自在，可是身為這場吵架主角的龍鱗銀呢？

果然，正如他所猜想的一樣。

向來無視於他人目光恣意妄為的銀髮女子，看起來一點也沒有想要停止爭執的念頭，再度張開嘴巴。

看見這副模樣，韓宇庭急忙湊上去打起了圓場。

「哎，鱗銀小姐，夠了啦，再這樣吵下去，龍同學也不會因此回來呀！」

「哼！」

她不得不同意韓宇庭的說法，不願意再和母親辯駁，怒氣沖沖地轉過頭。

「鱗銀小姐，妳還好吧？」

龍鱗銀此刻臉上嚇人的神色，讓韓宇庭馬上識趣地閉上了嘴巴。幸好，氣惱歸氣惱，她仍然控制住了自己的脾氣。

「現在要怎麼辦？等龍同學心情平復下來之後自己回家嗎，還是要去找她？如果有什麼我能夠幫忙的地方，請儘管使喚我。」

「使喚你？」龍鱗銀挑了挑眉。

韓宇庭吞了吞口水，忙不迭地點頭。

「既然這樣，當然要去找她啊！你說要等她自己回家，我們怎麼可以用這麼消極的做法？這樣誤會根本沒有辦法解除。」

「好、好的。」

「韓宇庭，事不宜遲，你現在就可以開始去找了。」

「咦？要我去找？可、可是雲景市這麼大，我要從哪裡找起啊？」

「善用你的感應力呀，這種小問題還需要問我？」

「鱗銀小姐，妳在說笑吧，我的感應沒辦法大到雲景市這樣的範圍呀！」

「我現在可沒有心情開玩笑。韓宇庭，動動你的腦袋，你應該想得到小黑會去什麼地方吧？」

「咦？妳說龍同學會去的地方……啊啊！」

一道靈光在韓宇庭的腦袋裡頭轉了一轉，他立即明白了對方的意思。

龍鱗銀迎向他的目光，露出滿意的微笑，「很好，你總算明白了我的意思。」

「是、是的，我知道了！」

韓宇庭搥了搥掌心，馬上接著問道：「但是鱗銀小姐，那妳呢？」

「我啊……我不能為了去找小黑就放著母親在這裡不管啊！」

轉頭望向站在不遠處的母親，銀髮女子露出了餘怒難消又略覺無奈的神色。

「我先送她回家，再決定該怎麼和她好好談一談。小黑正在氣頭上，現在我們說什麼她都聽不進去，你一定要設法平撫她的情緒。」

「我會努力。」韓宇庭點了點頭。

「那就拜託你了。對了，你沒有魔力的話，應該沒辦法使用能力吧？我給你一點，幫你更順利地找出小黑。」

龍鱗銀伸手按在韓宇庭胸前，徐徐地將溫暖的魔力送了進去。

「好好運用這些魔力吧，這會讓你事半功倍。」

「嗯，謝謝妳，鱗銀小姐。」

體內逐漸充滿魔力後，街上來來往往的智慧種族們，其所散發出來的強烈的「魔力」氣息，就像一盞蓋藏在身體裡的焰火，清晰可見，每個人體內的燃燒程度都有所不同，那是一種他人無法模仿的標章。

在一定距離內靠近龍羽黑的話，韓宇庭就能確定她的位置。

「就靠你了，你應該分辨得出小黑的魔力氣息吧？」

「沒問題。」

韓宇庭信心十足地回答，拍了拍胸脯，龍鱗銀這才放心地帶著紫睛朝著另一個方向走去。

韓宇庭留在原地思忖了一會兒，首先必須做的，是決定搜索的方向。

魔力搜索的範圍是有限的，不管他多厲害，也不可能感應整個雲景市，不過，龍鱗銀適才的一番話，倒是提醒了他。

「要先想想龍同學會去什麼地方。」

龍羽黑在雲景市居住的時日尚短，對環境的認識應該不深，就算一時氣憤逃跑了，依照她的個性，斷然不會胡亂跑到自己不熟悉的地方吧！

「隨便亂跑的話，她一定會擔心自己回不了家的。」

別看平時龍羽黑喜歡愛逞強，但在面對某些事情時卻是個膽小鬼，尤其是接觸陌生人和去不認識的地方，通常她都會拖著韓宇庭一起去。

推估下來，龍羽黑會去的地方非常地少。

韓宇庭沿著街道前進，他所想得到的也只有那個地方。

經過幾個街區、數個轉角，狹小的巷道盡頭，那間店鋪就在眼前。

距離還有幾十公尺的地方，傳來了女子慌慌張張的聲音。

「好、好了啦，羽黑妹妹，如果妳忍不住的話，乾脆就痛快地哭吧！」

「我、我才沒有要哭呢！」

然而倔強回應的黑髮少女的表情卻一點說服力也沒有，雖然聲音很大，但是微微顫抖的雙拳，早已顯示了主人的動搖。

龍羽黑眨著略微浮腫的眼睛，強硬地忍住了眼淚，但卻掩飾不了呼吸之間所帶的水聲。

「這、這個……現在要怎麼做才好，糟糕了，如果對象不是花的話，我就完全不知道該怎麼辦了啊！」

花小姐完全慌了手腳。雖然是個一流的花匠，但她十分不擅長處理需要面對人的事情。

「不、不過，羽黑妹妹為什麼會忽然跑到我們花店來呢？」

黑髮少女怔了一怔，「呃……這個……」

看樣子，龍羽黑似乎是在心情混亂之中，沒有經過思考便來到了最信任的人所在的地方。

「我要找藍哥……藍哥在哪裡？」

「咦，原來是要找翼藍先生嗎？好，我去幫妳叫他。」

花小姐抓著自己滿是泥巴的圍裙，就像遇到救星一般地鬆了口氣，接著頭也不回地跑進了門裡。

「翼藍先生，翼藍先生！不得了啦，發生大事了！」

花小姐的高喊消失在宛如熱帶叢林般的店鋪之中。

龍羽黑一個人站在門外，不時舉起手來揉著自己的眼睛。

「嗚……嗚……」

見到了這幅光景，韓宇庭忍不住嘆了口氣，朝著她走了過去。

「龍同學。」

抬起頭來看見遠奔過來的韓宇庭，龍羽黑露出了驚訝的表情，接著趕快粗魯地將臉上的淚珠抹掉，裝作一副什麼都沒有發生的模樣。

「韓宇庭！你怎麼跑到這裡來了？」

「嗯……龍同學，我看妳從店裡頭跑出去，有些擔心。」

「我、我哪有什麼好擔心的？」

「妳和妳媽媽吵架，我……我怕妳的心情會不好啊。」

「煩、煩、煩、煩死了，我可沒有那麼脆弱好嗎？」

「但是妳從店裡頭跑出來得很快呀！」

「我只是想……對，只是想稍微散個心，只不過是稍微走得快了一點，燃燒一下卡路里。拜託，你以為我真的控制不住自己呀？」

「唉……」韓宇庭嘆了口氣，「但是，我就是放心不下啊！」

龍羽黑聞言臉色又稍微變得了暗沉，正當她噘起了嘴，剛想要說些什麼時，花小姐的聲音吵吵鬧鬧地從店鋪裡頭傳了出來。

「快一點啦，翼藍先生！」

「我知道了，請妳別這麼著急。對了，妳剛剛沒說發生了什麼事，是不是又有顧客上門買花而妳不敢和客人說話呢？」

「比那件事情還嚴重啊！這時後就不要再討論我的毛病了，還有比這更緊急的事。」

店鋪裡傳來了啪噠啪噠的急促腳步聲。

不一會兒，一名繫著藍色長髮的高大男人撥開了植物走出門外。

「所以說，到底是什麼事情這麼誇張……咦，羽黑？宇庭？」龍翼藍訝異地張大了嘴巴。「你們怎麼會在這裡？」

「呃，翼藍先生你好！」韓宇庭望著龍羽黑，為了保全她的面子，只好說道：「我們只是剛好散步過來而已。」

「原來是來探班呀，呵呵，真是貼心！」龍翼藍溫暖地微笑著，摸了摸龍羽黑的頭，「謝謝妳啦，羽黑。」

「藍、藍哥！嗚哇哇哇！」

龍翼藍的觸碰彷彿打開了某種開關，龍羽黑二話不說，馬上撲進了哥哥的懷裡。

「咦？」

「嗚啊啊啊～」

「咦咦？」

再也顧不得之前強裝的忍耐，洪亮的哭聲決堤似地爆發了開來。

原以為妹妹只是順路過來看看自己，龍翼藍一時之間不知所措。

「呃，羽黑妹妹，妳還好嗎？」

就在花小姐慌慌張張想要上前幫忙時，韓宇庭趕緊扯了扯她的衣袖，輕輕地把她拉到一旁。

「花小姐，這時就先讓她好好發洩吧。」

「啊啊，我知道了！」花小姐終於會意過來，點了點頭，一起退到了一旁。

她看著眼前的情景，突然說出了意味深長的話，「不管再裝得怎麼堅強，她還只是個孩子啊！」

韓宇庭驚訝地轉過頭，但是花小姐只是靜靜地注視著這一切。

「好了，羽黑，沒事了。」龍翼藍小心翼翼地輕撫著妹妹的頭，「發生什麼事了？」

「嗚嗚……嗚嗚……」

龍羽黑依然不停嗚咽著，激動的情緒還是難以平復。束手無策的龍翼藍只好抬起頭來，向韓宇庭投出求救的視線。

「這個嘛……」

花小姐從店舖內拿出了一張椅子讓龍羽黑暫時坐下休息，韓宇庭則趁著這段時間，扼要地將事情經過告訴了龍翼藍。

藍髮男子皺起了眉頭：「原來是這樣。」

「翼藍先生覺得應該怎麼做才好呢？」

「怎麼會是現在呢？難道說……議會的成員都已經聚集了嗎？」

結果對於韓宇庭的疑問，龍翼藍不但沒有回答，反而露出了若有所思的神情，不斷地喃喃自語。

「翼藍先生？」韓宇庭忍不住出言試圖喚回藍髮男子的注意力，「翼藍先生？你怎麼了？」

但是龍翼藍仍舊沉浸在自己的世界之中，凝望著空虛之處。

反倒是花小姐難以置信地大喊：「等一下，所以說，現在是羽黑妹妹和媽媽吵起來了嗎？」

龍羽黑難為情地點了點頭。

「哇～這下子有些難辦啊！妳們畢竟是母女，家人之間有什麼誤會最好還是趕快解開吧！」花小姐苦惱地搔著頭，不過恐怕她抓破了腦袋也想不出什麼好主意來吧！

「翼藍先生，拜託你，一定要替這個孩子想出好辦法來。」花小姐握著龍翼藍的手，好像一副她才是龍羽黑的監護人一樣。

「我、我會的。」龍翼藍錯愕地接受了委託。

「那這裡就交給你了。我好像幫不上什麼忙，還是先進去照顧花好了。」花小姐終於安下心來，一溜煙地跑了進去。

被留下來的龍翼藍聳了聳肩，有些哭笑不得。

「藍哥，你能不能替我向媽媽求情？」龍羽黑抬起頭來，滿懷希望地望著龍翼藍，「我真的不想回去，我寧可留在這裡繼續上學。」

「這個……」龍翼藍困擾地搔了搔腦袋。

「我覺得，關鍵是不是就在於紫睛夫人所說的『成年禮』？翼藍先生，這真的是一件很重要的事情嗎？龍同學非得回到魔法世界不可嗎？」

在接二連三拋出問題的韓宇庭面前，藍髮男子的態度變得支支吾吾，臉上露出了不知該如何解釋的複

雜神色。看他的模樣，彷彿內心懷有著某種難以說明的祕密。

翼藍先生是不是還有什麼事情沒有告訴我們？韓宇庭隱約猜到了七、八分。

「好不好嘛，藍哥？」

面對著帶著殷殷期盼的眼神的龍羽黑，以及等待著答案的韓宇庭，龍翼藍拚命地思索該如何答覆，最後嘆了一口氣。

「我先說我的結論好了，羽黑，我們還是得回去參加妳的成年禮儀式。」

「咦？」龍羽黑毫不掩飾地露出了失望的神情。

「等一下，妳先別急著難過，我話還沒說完呢！」龍翼藍快速地繼續說了下去，「我們龍族每一代的幼龍數量都十分稀少，所以成年禮在某種程度上算是我族的大事，為了即將成年的幼龍舉辦典禮時，會有很多族人來參加，不可能取消。不單單如此，這個儀式對妳來說也大有好處。」

「對我……有好處？」龍羽黑納悶地指著自己。

「羽黑的身上存有某種力量的禁制，這你們都知道吧？」

韓宇庭和龍羽黑同時點了點頭，接著相視一眼。

「我曾經聽鱗銀小姐說，這個禁制是為了避免還不能熟練控制力量的龍同學不小心使出太強大的魔法，讓她能順利融入人類社會才下的。」

「在進入人類世界之前，銀姐也是這樣對我說的。」

龍翼藍露出微笑，輕撫龍羽黑的腦袋道：「禁制的效力會讓妳一直停留在人形，能力也會大打折扣，可是一旦禁制解除，就再沒有任何魔法束縛妳了，妳也能夠恢復真正的模樣。」

「真正的模樣？」龍羽黑丈二金剛摸不著頭腦地說著。

「真正的模樣，自然是指妳的巨龍型態。」

龍羽黑張大了嘴巴。

「啊！」韓宇庭這才恍然大悟，「這麼說來，好像沒有見過龍同學變成龍形呢！」

說起來，他們這群好友之中，除了龍族，還有吸血鬼、狼人族以及半拉彌亞，而無論是伊莉莎白、米娜抑或黎雅心，除了平時顯露出人類的外表，也都曾經藉由魔力變回原本的樣貌。唯有龍羽黑，即使在與德古拉對峙時，也沒有變回龍的型態。

「難道……龍同學不是不想變，而是不能變嗎？」韓宇庭彈了彈手指，轉頭望向了龍羽黑。

身旁的好友轉往自己投來的視線令龍羽黑顯得有些不知所措。

「我、我只記得銀姐對我說過，因為我年紀太小，而且為了別在人類世界裡引人注目，所以才用魔法把我的模樣固定起來。」

「姐姐當時的考慮自有她的道理，我們種族的力量非常強大，幼龍時常無法順利地控制自己的力量，

因為如此才會把羽黑的魔力限制在很低的程度。但是現在情況不同了，羽黑，在成年禮上會把施加在妳身上的所有禁制全部解除。」

龍翼藍望著一臉疑惑的龍羽黑。

「妳知道這是什麼意思嗎——妳再也不必受到使用魔法的限制了。」

「耶？」龍羽黑和韓宇庭一齊發出了疑惑的呼聲。

龍翼藍微微笑著接口說：「一旦經過了成年禮，即擁有完整的資格使用魔力，從此之後，妳不需要我和姐姐的監督也能自由地使用魔法。」

「真、真的嗎？」龍羽黑的臉色頓時明亮起來，「意思是，以後我可以自己施展強大的法術，再也不用依賴銀姐、藍哥你們嗎？」

龍翼藍點了點頭。

龍羽黑更為振奮地握緊拳頭，發出了激動的歡呼：「耶！」

妹妹一秒間破涕為笑的強烈轉變，使得龍翼藍不由得露出了苦笑。

「啊！可是……」雀躍了沒幾秒，龍羽黑立刻又像是想起了什麼，神色陡然變得黯淡，「說來說去還是得要從這裡離開呀，我不要這樣。」

黑髮少女緊緊抓著裙子，低頭沮喪地說道：「在這裡還有很多學不完的東西，而且每個人都對我很好。回去的話，我又要變回孤零零一個人了。」

龍翼藍也顯得有些無奈。「總之，妳先寬下心，用不著這麼絕望。不可能真的去了以後就回不來的。」

龍羽黑轉過頭來，眨了眨眼睛。

「如果妳成為成年的龍族，當然有權利決定自己要待在哪個世界，就連母親也無法干涉，不然的話，我和姐姐是怎麼來的呢？」

「啊？」

「說、說得也是，你們都是可以自行選擇要居住在哪個世界的龍啊！」韓宇庭擊掌說道。

「咦咦？」龍羽黑面露驚奇，左邊看看韓宇庭，右面看看自己的哥哥，彷彿還是不能理解。

「若是翼藍先生說的是真的，其實龍同學也不必抗拒回到魔法世界，只要在那裡待一陣子，等成年禮結束後再回來就好了。」

「天才，韓宇庭，你真是天才！」

龍翼藍笑著點了點頭：「沒錯，就是這樣。」

然而另外兩個孩子並未發覺他臉上露出的其實是一陣苦笑。

「好了，現在誤會解除了，羽黑妳是不是應該回家向媽媽道個歉呢？」

他溫和地拍了拍龍羽黑的肩。

「畢竟妳沒有搞清楚情況就隨便跑了出來，我想媽媽現在一定很擔心吧！」

「媽媽她真的會擔心我嗎？」龍羽黑懷疑地問道。

「會的。雖然她平時嚴厲又冷冰冰的，但她終究是我們的媽媽啊……這是金龍大爺說過的。」

金龍大爺？又是一條沒有聽說過的龍！韓宇庭眨了眨眼，希望龍翼藍能夠透露更多的資訊。

龍羽黑並未對這個名字起太大的反應，很快地流露出了接受的表情。

「是嗎，既然是金龍爺爺說的，那肯定就是這樣了。金龍爺爺從來就不會騙我。」她心滿意足地說道，「那麼藍哥，我和韓宇庭先回去了。」

「好的，路上小心喔。」

揮手將兩人送出門外，看著他們的背影消失在巷道盡頭，龍翼藍的眼神突然間變得深邃又黯淡。

「我所做的……真的是正確的選擇嗎？」

發話的同時，藍髮男子一掃之前輕鬆愉快的氣息，頹然坐到了一旁的椅子上，巨大的衝擊令小木椅發出了強烈的悲鳴。

將臉埋進大手中的他，聲音中竟然充滿了深深懊悔，「羽黑的年紀還這麼小，可是九龍的職責不可忤逆……誰能告訴我究竟該怎麼做？」

他陷入沉重的自責，直到背後有個聲音傳進耳裡，他才察覺到並且轉過頭來回望著店舖裡的另一個人。

「事情順利解決了嗎？」悄悄出現在門邊的花小姐怯怯地問著。

「是的，現在已經沒事了，謝謝妳。」龍翼藍勉強勾起了嘴角。

花小姐點了點頭，雖然自覺在這種時候幫不上什麼忙，但她也相當關心龍羽黑的情況。

「沒、沒什麼好謝的啦！我又沒有幫上什麼忙。」

龍翼藍搖了搖頭，「別這麼說，有妳的支持就帶給了我們很大的力量。啊，對了，現在還是上班的時間吧？真不好意思，我立刻回去工作。」

「別這麼見外啦，我們又不只是老闆和員工的關係……更像是夥伴啊。」

不過當龍翼藍與她擦身而過時，她不禁吃了一驚。

「翼藍先生？」

他沒有注意到自己臉上的表情嗎？真是稀奇，一向溫和穩重的他怎麼會突然露出那樣可怕的表情呢？

「翼藍先生真的沒有問題嗎？」

花小姐擔憂地抓著自己的手腕，但是誰也沒能給她答案。

「銀姐，媽媽？」

當韓宇庭和龍羽黑回到家時，龍鱗銀正站在門口，一副坐立難安的模樣。

「嗚哇，小黑！」

看見龍羽黑的身影，她立刻興高采烈地從臺階上衝了下來。

龍羽黑嚇了一大跳。「妳在做什麼啊，銀姐？」

「小黑小黑小黑小黑——呃啊！」

被龍羽黑一個輕巧的閃身，銀髮女子猛然撲到地上摔了個狗吃屎，連韓宇庭都不忍心地捂起眼睛。

龍鱗銀萬分受傷地轉過頭。「嗚嗚，小黑妳怎麼可以這麼絕情，銀姐我可是非常～非常想念妳耶！」

「只、只不過是幾個小時沒見到面，別這麼誇張好嗎？」

「可是看到小黑二話不說突然跑出去，我可是急得連飯都吃不下了呢！」

「現在又還不到晚餐時間，妳當然沒有吃飯吧？」龍羽黑雙手扠腰吐槽，「銀姐，我都已經長這麼大了，只不過在街上稍微閒逛一下，不可能出什麼意外啦，妳不要想太多了。」

「我們家小黑什麼時候變得這麼伶牙俐齒？一定是在街上閒逛的時候被不良少年帶壞了，嗚嗚！這全都怪我教導無方，原本清純可愛的妹妹，才會變成一個逃家後還會頂撞姐姐的壞女孩。」

龍鱗銀又開始演起戲來了。因為不是隨時隨地都能找到放在嘴裡咬的手帕，她只好哀怨地咬起自己的指甲。

「唔……」

龍羽黑漲紅了臉，神色十分為難，因為確實是自己有錯在先。過了一陣子後，她終於先低聲下氣地道了歉：「我……我知道我也有不對的地方，所以銀姐，對不起。」

龍鱗銀掐著心臟，一臉幸福得彷彿馬上就要昇天了的表情。

「哇啊！這是真的嗎？沒想到居然能看見小黑露出這麼楚楚可憐的模樣，呀啊啊，我龍鱗銀此生無憾！」

她還在發花痴，完全沒有注意到一雙腳慢慢接近自己的身邊。

隨後，她立刻被捏住了耳朵。

「真是不像話。」

「啊，媽媽？痛痛痛痛痛——」

忽然被人捉起來的龍鱗銀死命地縮著肩膀哀號，堂堂的巨龍此刻彷彿變成了毫無反抗之力的小貓咪。

「拜託您不要再拉我的耳朵啦！耳、耳朵會變長的，您想讓您的女兒變成精靈嗎？」

「有妳這種不像話的女兒，就算送給精靈族也無所謂。」

紫睛說出了絕情而辛辣的一番話，雖然接著就真的放過了龍鱗銀，但是也已經造成銀髮女子的心靈創傷。

「……媽媽。」

紫睛從容徐緩地走近龍羽黑，龍羽黑的樣子顯得十分緊張。

「龍、龍同學！」

「咦？」

龍羽黑回過頭，接收到身後的韓宇庭拚命向她投來的視線。

「加油吧，請妳不要膽怯，一定要誠實說出心裡頭的話！」

即使只是氣音，但是仍舊發揮了莫大的效果。龍羽黑的肩膀微微一縮，原本起伏不定的胸膛，如今已然安定下來。

「謝謝你。」她徐徐吐氣，臉上的驚慌情緒一掃而空。

「妳終於知道要回來了嗎？」

龍羽黑緊張地扭絞著雙手。紫睛的話語雖然不嚴厲，但即使以平淡的態度開口，從她口中吐出來的話語仍相當具有威嚴。

「是的，我回來了。」龍羽黑低下了頭，說道，「媽媽，對不起。我當時太莽撞了。」

紫睛微微一怔。

黑髮少女勉強吞下口水，一邊鎮定著心情，一邊說道：「我已經聽藍哥說過了，我的成年禮是龍族的大事，而且還關係著我以後使用魔法的能力。」

「唉，藍翼那孩子是這麼說的嗎？與其說是龍族的大事，不如說是因為九龍……不過，是什麼讓妳突然改變主意呢？」

「媽媽，藍哥說，在成年禮結束後，我還是能夠選擇回來人類世界繼續上學，這是真的嗎？」

紫晴微微有些詫異。

「嗯……要是到時候妳依舊如此希望的話，當然可以回來。」她細細瞇起眼睛，「但也要到時候妳依舊如此希望才行。」

龍羽黑聽不出她話裡的暗示，眼神散發著興奮的光彩，毫不猶豫地回答：「我一定會回來的！」

「看來妳真的很喜歡人類世界。」紫晴緩緩垂下了眼簾，「我不會反對。不過接下來的事變數還很多，不必急著下定論。先進來洗洗手，準備開飯吧！」

「嗯……啊，慢著，我有些話想對韓宇庭說。」

紫晴點了點頭，拖著委靡不振的龍鱗銀進了門。

龍羽黑從臺階上跑回了韓宇庭的身邊。「那個……那個……」

「嗯？」

黑髮少女欲言又止，躊躇再三，左腳煩躁地在地上又踢又踏。韓宇庭納悶地等待著對方的發言，心裡

頭有些七上八下。

龍羽黑忽然握起了韓宇庭的手，突來的舉措令他十分吃驚。

「我……我要謝謝你！」

「怎、怎麼突然說這個？」

「哪有……你不要露出驚訝的表情好不好？我又不是銀姐那種臉皮厚到可以擋子彈的傢伙。」龍羽黑不滿地嘟著嘴，「我畢竟還是知道……什麼人應該感謝的啦！」

「咦？」

「如、如果不是你當時有來找我，又如果不是你剛才給我的鼓勵，或許我無法說服媽媽吧。」

龍羽黑難為情地別開了視線，不過最後還是鼓起勇氣，直接面對了韓宇庭。

「說實話，今天下午我的心情一團亂，雖然想也不想地就跑去找藍哥，但其實我根本不知道要對他說什麼。」

「嗯嗯。」

意識到對方正是因為信任自己而能坦然說出內心中最真實的感觸，韓宇庭臉上的線條化為柔軟，微微昂起頭，豎耳專注傾聽。

「但是當你出現在花小姐的店前時，我突然就覺得安心了，也終於能夠好好整理自己的心情。」

「其、其實是他們要我來陪妳的啦，大家都很關心妳的狀況。」

「嗯！」龍羽黑微微晃著腦袋，垂下了視線，「我也很謝謝大家……你們每一個人。」

「龍同……」

韓宇庭止住了話語，因為他發現了龍羽黑此刻臉上豐富的表情變化。

她大概以為低下頭以後，別人就看不見她的臉了吧？只是黑髮少女並沒有意識到，由於她的身高比韓宇庭還要高的緣故，韓宇庭依舊看見了她的面容。

他在黑髮少女的臉上，看見她露出了如春時花雨一般美麗的笑靨。

「現在我更加確信了一件事，那就是我真的很喜歡你們。」

韓宇庭訝異地張開了嘴。

黑髮少女變了。

一開始她總是尖銳地與別人保持距離，態度高傲卻又小心翼翼，一起經歷了那麼多的日子後，她終於能誠實地展現自己內心的情感。

「雖然現在說這些還有些太早，但是我保證成年禮過後就會馬上回來。我覺得我大概連一秒都無法忍受跟大家分開的寂寞吧，嘿嘿！」

「妳一定沒問題的，我們會等著龍同學妳回來。」韓宇庭連忙用力點頭。

龍羽黑看著他，笑得更加可愛了。

「讓我們無論如何，永遠作朋友吧！」

在此同時，她的肚子竟咕嚕咕嚕地響了起來。

「啊啊！」

龍羽黑放開雙手，後退了兩步，把手移到了自己的肚子上。

她慌亂掩飾的模樣把剛才營造出來的氣氛全都打散了，但是無論再怎麼遮掩，肚子依舊像擂鼓般隆隆作響。

無計可施的龍羽黑發出了不太像龍，反而更像是小貓般的害臊嗚咽聲。

為了化解場面的尷尬，韓宇庭趕快搖了搖手說：「呃……龍同學，我看妳還是快點回家吃飯吧！」

「好、好的，那我回家去了。」

龍羽黑轉過身，但又像想起了什麼似地，一下子轉頭，對著韓宇庭露出令他心癢難耐的一抹淺笑。

「韓宇庭，晚安唷！」

「晚安！」

道別後，黑髮少女飛快地穿進了籬笆的矮門，韓宇庭目送著那道美麗的身影掠過庭院，接著消失在龍家大門之中。

「是嗎，羽黑同學的哥哥是這麼說的啊？」

電話那頭，米娜的語氣聽起來並不特別訝異，或許是因為她一直跟在情緒豐富的伊莉莎白身邊，才會變成了性格穩重的人吧。狼人少女並不常露出強烈的情感，儘管如此，韓宇庭從聲音中依然能聽得出她鬆了一口氣。

「看來是我們杞人憂天了，這麼說來，只要成年禮結束，羽黑同學就會立即趕回來囉？」

「聽起來是這樣子沒錯。」

「那我得趕快把這個好消息告訴伊莉莎白。她呀，以為羽黑同學會一去不復返，現在心情差到極點了呢！」

「那就請妳趕快告訴她吧，米娜同學。」

「這是當然。順帶一提，羽黑同學有告訴你他們什麼時候出發嗎？」

「這個嘛……」韓宇庭略微沉吟了一下。

「沒有是嗎？不要緊，如果要回去一陣子的話，至少會先向學校辦理請假手續。而且申請通過次元海關的核可也需要一段期間才會發下來，所以我們一定還有時間相處。」

「……謝謝妳，米娜同學。」

「呵，不必謝我。嗯……不如我們趁這段期間替她辦個小小的餞行會，你覺得怎樣？」

「這個提議不錯喔！」韓宇庭高興得大叫起來。

米娜總是擅長策劃這類需要組織性的事情，她的頭腦既清晰又有條理。

「呵呵，不過這件事得祕密進行才好。對了，你不妨問問她須不須要透過吸血鬼族弄到次元海關的VIP通行證？可以節省不少時間喔！」

「我明天會去問的。」韓宇庭興奮地說道，「不過，關於準備餞行會的事情要怎麼辦呢？要在哪裡舉辦、要買什麼禮物？」

一想起來還真是沒完沒了，幸好米娜並不像他這樣腦袋發熱。

「你別這麼心急呀，這些都可以等幾天後大家再聚在一起討論。現在時間不早了，你先好好休息吧，韓宇庭。」

「好的，晚安，米娜同學。」

「晚安。」

韓宇庭掛上了電話。

走向窗邊眺望，龍羽黑的房間燈光依然明亮。透過窗簾後的黑影，她正趴在床上做什麼呢？感覺像是開心地在搖著腳。

或許是因為得知自己終於可以盡情使用魔法而倍感期待吧！

她即將與朋友暫時分別的難過情緒，是否已經一掃而空了呢？

思索這個問題讓韓宇庭的心情有些複雜，不過他馬上搖了搖頭。

應該要為了龍同學即將得到的嶄新蛻變感到高興才是。

「如果龍同學知道了我們為她祕密準備的驚喜，不知道會有多開心呢？」

韓宇庭露出溫柔的笑容，將頭撐在窗櫺上，腦海裡又冒出了無數有關餞行會的點子，不過更先湧上來的是深深的倦意。

他打了一個大大的呵欠。

實在已經支持不住了，他望向時鐘，天啊！都已經快十二點了。

韓宇庭依依不捨地朝窗外看最後一眼。

「晚安，龍同學。」

放下窗簾，他拖著疲倦的步伐，鑽進了被窩之中，不一會兒，便沉入了香甜的夢鄉。

然而直到最後，那場餞行會都沒能夠辦得起來。

隔天起床時，龍家已經人去樓空。

雖然韓宇庭甚至走進了他們家的庭院張頭探望，但是從窗戶看進去，房子裡空空盪盪的，彷彿只有輕盈散布在空氣之中的灰塵還留著。

他悄悄發出了嘆息。

二、魔法世界的危機

一個月轉眼間已然過去，原本瀰漫在四處的暑氣在不知不覺中消散，取而代之的，樹葉開始變黃，青草開始縮蜷，天空中也開始出現一列列南飛的雁子。

草木蕭蕭的秋季正式來臨。

下課時間，教室內依然是一片鬧哄哄的景象。學生們正盡情地把握著能夠把「秩序」這兩個字拋諸腦後的每分每秒，從那名為繁重課業的池塘裡稍微探出水面呼吸。

「唉……」韓宇庭嘆了一口氣，目光逗留在窗外光禿禿的樹枝。

坐在他的身邊，砲灰露出一臉無可奈何的神情。

「又在嘆氣啦，韓宇庭，回神喔！」

他伸出手在好友眼前晃了又晃，但是韓宇庭卻對此視若無睹，仔細一看，這傢伙的視線根本就不知道聚焦在哪裡。

「哇哩咧！魂都不知道飛到哪兒去了。喂喂！妳說說看這下該怎麼辦啊，雅心？」

「第一，把你的手拿開；第二，你少在那邊無聊了好不好？吳先生，韓宇庭可不是你的玩具。」

「我是在關心我們的朋友啊，黎小姐！自從羽黑同學離開之後，這傢伙就一直是這副失魂落魄的死樣子，看了哪能不為他擔心啊？」

砲灰現在所坐的地方在一個月以前還屬於一位龍族的少女，但現在純粹只是韓宇庭旁邊一副沒有主人的桌椅。

「唉，但是我們又有什麼辦法？」黎雅心聳了聳肩，「羽黑這一去就沒了下文，我們唯一能做的也就只有等她回來了。」

「萬一她不回來了呢？」

「噓！」

黎雅心連忙瞄了韓宇庭一眼，深怕他受到刺激，幸好，韓宇庭似乎沒有在留意他們的對話，依舊自顧自地發呆。

「你少在那邊說這種沒有建設性的話，羽黑她不會忘記我們的。」

「哎唷！我是說萬一，萬一嘛……」

「就算是一萬也不可以！」黎雅心斬釘截鐵地說道。

砲灰無可奈何地搔了搔側臉。

「一萬兩萬三萬，但是我萬萬不想再看到我們的朋友這副病懨懨的樣子啦！」這些日子以來，砲灰絞盡腦汁，為的就是重新恢復韓宇庭的活力，然而截至目前為止，達成的效果是——零。

韓宇庭現在彷彿對任何事情都提不起興趣，甚至連看到智慧種族從眼前經過，也無法讓他的目光再繼續逗留。

「有人曾經說過，這個世界上最可怕的不治之症，就是單相思了。」黎雅心若有體悟似地說道，「相思不是病，想起來要人命。」

砲灰望著凝視韓宇庭側臉的黎雅心，忍不住嘻嘻笑著說道：「照這麼說來，雅心妳的症狀也是病入膏肓囉！」

「笨、笨蛋臭砲灰！」黎雅心瞬間漲紅了臉頰，怒聲高喊，「你胡說八道什麼啊！看我怎麼修理你！」

說完飛起一腳，把砲灰連人帶椅踹倒在地。

「哇啊啊！」

砲灰慌張地揮舞手腳，但是一切都是徒勞無功。

不過，他的受苦不是沒有代價，多虧了這一跌，韓宇庭從迷惘中驚醒，不再是那種對什麼事都無動於衷的狀態了。

「咦咦？」被強烈哀號聲喚醒的他慌張地左右張望，「發生什麼事了？」

「沒、沒有啦，純粹是砲灰這個笨蛋亂說話，被我教訓了而已。」黎雅心困窘地回答。

「噢，真是嚇死我了。」

平常就已經習慣這兩位好友互相打鬧，韓宇庭也不以為意，不過就在這時，走廊上的廣播響了起來。

「韓宇庭同學，韓宇庭同學！聽到廣播之後請馬上到教師辦公室，有重要事情通知，重覆一次，韓宇庭同學……」

突如其來的通知使得班上眾人面面相覷。

砲灰從地上爬了起來：「老師們怎麼會突然找你去辦公室，韓宇庭，你是不是違反了校規呀？」

韓宇庭也是一頭霧水，搖了搖頭。

「別烏鴉嘴，也許只是一些普通的事情而已。」

黎雅心握緊拳頭晃了晃，嚇得砲灰哇哇大叫。

「哇啊，別再打我了！可是聽老師的語氣好像很緊急的樣子耶！」

「不管怎麼樣，去了就知道！」韓宇庭果斷地站了起來，「也許是有關龍同學的訊息喔！」

黎雅心點了點頭……不管怎樣，只要令他能夠恢復精神，無論發生什麼事情都好。

來到老師辦公室外，韓宇庭獨自進入，因為擔心而陪同前來的黎雅心與砲灰則待在門外等候。雖然嘴上說得一副這只是小事的模樣，但是黎雅心看起來卻比任何人都緊張——畢竟老師們可不會無緣無故就用廣播把學生叫來啊！

「咦？」

一踏進辦公室裡頭，韓宇庭馬上察覺到了濃厚的異樣感，這並不只是因為辦公室裡頭的冷氣冷颼颼，而是連整間樓層的氛圍也和往常不同。

未免也太安靜了吧！

此刻在韓宇庭的眼前，老師們全把頭壓得低低的，大氣都不敢吭一聲，好像在害怕些什麼。

「是韓宇庭嗎？哎呀！太好了，你終於來了……不對，我在說些什麼啊！你要小心啊！」

「唐老師？」

此時，矮小女老師的座位旁不知從哪突然冒出了一群黑衣人，把兩人給重重包圍住。

韓宇庭被嚇了一大跳。

「吸血鬼？」

難不成這就是為什麼老師們會表現得這麼害怕的原因？

蒼白的面孔、消瘦的五官，正是不折不扣的吸血鬼族外貌，而且每個人臉上都一副凶神惡煞的表情。

「韓宇庭先生，我們等你好久了。」

「好、好、好啦，現在韓宇庭來了，所、所、所以你們現在放過老師們吧！但、但、但是我先說好，這可是我的學生，你、你們要是敢對他亂來的話，我一定不會放、放過你們的喔！」

唐老師結結巴巴地說出了這番話，努力地裝出氣勢，對方卻絲毫沒有放在眼裡。

「老、老師，這些人是……」

「這些傢伙是壞蛋！韓宇庭，快點躲到我的後面，老、老師一定會保護你的。」

「呃呃！」

唐老師以矮小的身子挺身而出，誇張地揮舞著拳頭，看起來就像認真地要與這群高大的吸血鬼對抗。

「等、等一下！」

就在這時，巫老師從韓宇庭後方出現了。瞧他的模樣，好像是用跑的拚命地趕過來，整個人氣喘吁吁。

「請不要誤會了，這些不是壞人！」

「嗚哇，巫老師，這些挾持我們的傢伙好可怕啊！」

唐老師根本沒有把巫老師的勸阻給聽進去，而是哇哇大叫著，忍耐不住地投進了巫老師懷裡，弄得年輕的魔法師教師尷尬異常。

「我們才沒有挾持老師，我們只是請他們不要大聲張揚而已。」吸血鬼忿忿不平道，「我們是德古拉大人的使者，來這裡只是要請韓宇庭和我們一起行動。」

吸血鬼中的其中一人無奈道，「我們天生就長成這樣，長得凶惡又不是我們的錯！」

「噢……那個，看起來你們好像挺傷心的樣子，那對不起啦……」

「哼！」

看起來遭受到唐老師和其他老師們如此的待遇還是令他們難以釋懷。

「找我？」韓宇庭指著自己詫異地問。

吸血鬼鄭重地點了點頭，「是的，韓宇庭先生，現在魔法世界發生了不得了的大事，德古拉大人考慮到了事情的嚴重性，因此讓我們來請你出面。」

韓宇庭驚訝得睜大了眼睛，忍不住張嘴「啊」了一聲。

吸血鬼的態度彬彬有禮，而且看起來完全不像在開玩笑的樣子，但還是無法完全消除他心中的疑慮。

巫老師也開口：「韓宇庭，這件事情真的是非常嚴重。聽說甚至連四大上族的族長們都被驚動了。他們一早就知會了魔法師教團，讓我來協助他們。」

「發生了什麼事？」

「這個嘛，還是請德古拉大人當面向你解釋好了。」

「內容是機密，但是我可以透露和龍有關。」巫老師道。

而聽了巫老師的回答，韓宇庭正式下定決心。

「巫、巫老師，真的不要緊嗎？」唐老師焦慮地問。

巫老師像是要使她放心下來，頻頻點著點頭，「請別擔心，唐老師，吸血鬼族再怎麼說也是我們學校的校董，絕對不是什麼可疑分子。」

「事不宜遲，韓宇庭先生，我們趕緊出發吧！」

吸血鬼們急得好像熱鍋上的螞蟻，一秒鐘都不願浪費，帶著韓宇庭離開了辦公室。

「咦咦，韓宇庭？有沒有被老師們怎……哎呀！」

一直守在門外的黎雅心一見到韓宇庭出來便慌慌張張地迎上前來關切，可是當她看見了緊接著跟在好友後方出現的吸血鬼時，忍不住驚嚇地往後跳了起來。

「小孩子不要多事，快點回去教室上課。」

吸血鬼一點也不把黎雅心跟砲灰放在心上，粗魯地揮了揮手驅趕他們。其中一名吸血鬼甚至伸手一推，將驚叫中的黎雅心推到了牆上。

「你、你在凶什麼凶啊？」

砲灰雖然鼓起勇氣抗議大罵，可是被那些看起來跟黑社會沒什麼兩樣的吸血鬼一瞪，氣勢就又立刻縮了起來。

「請不要這樣，這些是我的朋友。」韓宇庭連忙出聲喝止。

「唔……」

「你們要是再對我的朋友沒有禮貌，那我就要拒絕配合了。」他生氣地威脅道。

吸血鬼們躊躇了一下，態度不敢這麼傲慢了，讓出一條通路，讓他能夠跑到好友身邊。

「雅心，妳沒事吧？」

「我、我沒事啦！」黎雅心搖了搖頭，指著吸血鬼們，「這些人在這裡做什麼？」

「呃，他們是……」

「不行！」

吸血鬼像是知道韓宇庭想說什麼，立刻搖了搖頭，「請不要對他們說太多，這是為了他們好。」

韓宇庭只好無奈地道：「真對不起，我不知道是為什麼，只知道德古拉有很重要的事情要見我，所以我必須得跟他們走。」

「德古拉要找你？」黎雅心睜大了眼睛，「慢、慢著，韓宇庭，你不要去，搞不好會有危險啊！」

「放心啦，雅心，他們不像是壞人，而且德古拉不是改過自新了嗎？我想也許很快就會回來了。」

韓宇庭回答完以後，便被吸血鬼們催促著，只好向兩位好友告別。

「那些傢伙是誰啊？他們就這樣把韓宇庭帶走了耶……這、這是不是所謂的綁架啊？」

「唔……」黎雅心沉吟著沒有回答。

砲灰看穿她似乎不肯善罷甘休，於是出聲詢問：「現在該怎麼辦，就這樣讓他們帶走韓宇庭嗎？」

「不要緊，我有辦法。」

黎雅心抿了抿嘴唇，露出了下定決心的表情，拉著砲灰的手往反方向奔去。

「上車吧！」

吸血鬼打開豪華黑色禮車的車門，這些車子跟龍鱗銀之前從吸血鬼那邊搶奪……呃不，是借來的加長型禮車不太一樣，是四人座的房車，不過內部裝潢也是極難想像地華麗。

吸血鬼們帥氣地打開車門請韓宇庭就座的樣子，好像是在拍電影一樣。但是韓宇庭只覺得自己跟這種黑手黨式的影片風格格格不入。

結果才剛坐定位好，周圍突然傳來「砰」的一聲巨響。

「發生什麼事了啊？」開車的吸血鬼緊張地問道。

接下來又是「砰」的另一聲，巨大的不和諧聲響越來越靠近了。

「難道是學生們搞的鬼嗎？這群小鬼真的是越來越無法無天了。」

砰！這次的聲響連吸血鬼們所乘坐的車輛都震了好大一下。

「拉、拉砲？」

吸血鬼起先感到很震驚，然後才發現使地面劇烈震動的其實是一大群人行進間的腳步，他們睜大眼瞪著遠方靠近的學生們。

「還有樂隊在敲鑼打鼓……這到底是什麼邪教活動？」

其他幾臺車上的吸血鬼們趕緊下了車，露出緊張戒備的神情。隨著遊行隊伍的接近，漸漸地能夠看清他們的模樣，結果對方的真面目反而大大出乎吸血鬼們的意料之外。

「伊莉莎白大人！」

「伊莉莎白大人！」

「伊莉莎白大人萬歲！」

吸血鬼們的下巴都快要掉下來了！

呼喊著吸血鬼家族家主之女名號的學生們，化成了一眼望去簡直看不到尾端的長龍。在喧囂震天的口號聲外，甚至還升起了迎風招展的旗幟與布條，「伊莉莎白本命！」上頭寫的淨是讓人看也看不懂的東西。

兩側則是鼓手、小號手使勁地炒熱遊行的氣氛，但是因為缺乏指揮，後果就是大家總是各吹各的調，原本和諧美妙的音樂化為了讓人腦袋充血的噪音。

海浪般的人潮迅速地湧進停車場，團團圍住了吸血鬼的座車，他們就像獨立於海洋之中的孤島，動彈不得。

「喂！喂！你們在搞什麼飛機？」吸血鬼氣憤地大喊。

但是超多數量的學生集合起來就像山一樣，任憑他們怎樣使勁，就是推也推不動。這些口中怪喊怪叫著「伊莉莎白、伊莉莎白」的男學生們令吸血鬼們感受到前所未有的惶恐。

「嗚、嗚哇！你們有點禮貌好不好，不要爬到車上來！」

「住手，別掀我們的車蓋！」

吸血鬼們像驅趕蒼蠅一樣拚命揮著手臂，可是就算真的把學生們當成是害蟲看待了，他們所要面對的也是身軀龐大又異常執著的蒼蠅。先前已經被嚇得氣勢矮了一截的吸血鬼根本不能對他們造成什麼影響，到最後原本都是黑道精英的吸血鬼們開始一一陷入對自身能力絕望的深淵。

「大家列隊，伊莉莎白大人駕到！」

好不容易，總算有個像樣的人跑出來維持秩序了。在用不知道從哪裡搬來的桌疊成了一座高臺之後，有個身材矮小的少女經過一番努力，總算爬到那上面。

「各位親衛隊的成員們大家好！」

少女一開口，底下的群眾就像瘋狂的波浪拚命地搖晃。

「伊莉莎白大人，唷喝！」

「您好久沒有召集我們了，好想您啊！」

「伊莉莎白大人，哇啊啊啊啊！」粉絲們激烈瘋狂的程度再一次造成了停車場上的大地震。

看見少女後，差點連站都站不穩了的吸血鬼神情激動地大喊：「小小小小、小小姐？」

「咦？你們不是爸爸的手下們嗎？」

「小小姐，請問這到底是怎麼一回事？」

伊莉莎白抱著胸口，皺眉說道：「你們看不出來嗎，這是本姑娘和粉絲們難得的見面會啊！話說回來，你們又在這裡幹什麼？」

「呃……我們在替老爺辦事。」負責率領眾人的吸血鬼猶豫地說，「小小姐，可、可不可以拜託您的手下們讓出一條路，不然我們的車子開不出去。」

「請你正名，他們不是本姑娘的手下，而是和本姑娘平起平坐的粉絲。」

「拜、拜託您了，沒有您的幫助，我們連一公分都動不了呀！」吸血鬼雙手合十拚命懇求。

「就算你拍馬屁也沒有用喔！」

即使是伊莉莎白這麼說著，但是在吸血鬼不斷的哀求攻勢之下最後還是嘆了一口氣。

「不過本姑娘看你這麼困擾的樣子也挺可憐的，就勉為其難地幫幫你吧！大家聽我的指令動作！」

在伊莉莎白的指揮下，親衛隊的成員們順從地開出一條路，讓吸血鬼們能夠陸續發車駛離校園。

「唉，真是的，淨會給本姑娘添麻煩。」

眼望著車輛逐漸遠去，伊莉莎白瞇起了眼睛，狼人少女則不知何時已悄悄地來到她的身旁。

「情況怎麼了？」

「很順利。」米娜回答，「在隊員們的掩護下，他們成功溜到車上了。」

「嗯嗯……那就好。」伊莉莎白滿意地點了點頭，「不知道爸爸為什麼突然要找韓宇庭，說實話我有

一點擔心呢！」

米娜善解人意地說道：「需要我替妳下午辦請假嗎？」

「好啊！上課好無聊，我也想快點回家。」

「不過妳現在應該有更重要的事情要處理吧！」米娜搖了搖手指比了比前方那一大群狂熱粉絲，「他們好久沒有看見妳，現在個個都興奮得不得了唷！」

「嗚嗚！」雖然會覺得有些困擾，但是無法對粉絲們的熱情視而不見，總是非常認真回應的伊莉莎白發出了想死的聲音。

「伊莉莎白大人，我們好喜歡妳呀！」

「呃、呃……我……本姑娘也非常喜歡你們唷！」

伊莉莎白漲紅著臉朝著臺下用力揮手。

「這場握手會可能要一直持續到下午了。對了，我看不如請假的事由就寫『中暑』吧，伊莉莎白，妳可要好好加油了唷！」

「嗚噎噎噎～」

接著狼人少女就像一切都不干己事一般，悠閒地踱著腳步從喧譁沸騰的集會現場離開了。

再一次來到德古拉的宅第，韓宇庭的心情卻是截然不同。

車子駛入了吸血鬼家族最引以為傲的美麗庭院之後，展現在他眼前的是青翠的草地和許許多多的藝術品，吸血鬼家族的占地之寬廣，大概可以擺下十棟韓宇庭的家吧！

而在筆直前往主建築物的沿路中，韓宇庭看見了許多分屬於不同智慧種族的僕役。有些走在大太陽底下，搬運著不同的器具；有些則是辛勤地修剪枝葉或是整理草坪，每個人看上去都相當忙碌。然而和先前來時相比，他注意到他們的身上產生了一些變化。

「看起來在這兒工作的智慧種族好像變得比較愉快了。」

「喔，是啊！」負責陪侍韓宇庭的吸血鬼隨口回答道，「前一陣子德古拉大人不知道發生了什麼變化，不但大幅提高了僕人們的待遇，而且也不准我們繼續叫他們奴隸了。」

「這樣不是很好嗎？」

「一點也不好！我不可能接受那些低俗的矮人、蜥蜴人還有蛇人族跟我們吸血鬼平起平坐。」

「為什麼？既然大家都是智慧種族，彼此應該沒有優劣之分，而是平等共存才對吧！」

「你說什麼，跟他們平等共存？」吸血鬼駁斥道，「我們吸血鬼是比較優秀聰明的種族，怎麼可以跟他們相提並論？」

「但是，你也說不出吸血鬼們究竟是好在哪裡對不對？」韓宇庭反問著，「你們雖然魔法造詣比較突出，可是不見得在體力上或是忍耐力上更為優越。」

「這……」

「我覺得他說得沒錯。」車上的另一名吸血鬼此時插進了他們之間的對話，「在進入人類世界和其他種族間的交流變得越來越頻繁之後，我漸漸地發覺每個種族都有他們獨特的優點，並沒有誰比較高尚。」

「你怎麼這麼說？」

「我只是把我的觀察說出來而已。」支持韓宇庭論點的吸血鬼聳了聳肩，接著轉頭望向少年，「韓宇庭先生，你小小年紀就能有這種體悟，真不簡單。」

「哪裡。」韓宇庭害臊地搔了搔頭，「我只是希望大家能夠用更不一樣的觀點來看待彼此罷了。」

他心裡頭非常高興有越來越多的吸血鬼能夠改變自己的想法，雖然也許這個過程會很緩慢，但總比完全不起步來得好。

「不、不管怎麼說，我的想法不會改變。」前一位吸血鬼依舊固執地高聲大喊。

「要怎麼想是你的自由，但是我想總有一天你會慢慢改變。」他的同伴無所謂地回應道，「我們到了，韓宇庭先生，請下車吧。」

車子停在富麗堂皇的主屋前方，韓宇庭下了車之後望著高大巍峨的建築物，不過，當他視線裡的餘光突然瞥見了房子裡，直挺挺地排成兩列的黑衣吸血鬼們時，他才頓時驚慌失措起來。

是啊，他來到吸血鬼族的大本營了。

啊、啊啊！慘了，我完全沒去想究竟德古拉找我有什麼事呢！

打一開始坐上車時韓宇庭心中就始終揮之不去的不安，終於化為了實體的憂煩。萬一吸血鬼族的族長是找他來是為了報復之前的事件，那該怎麼辦？

不不不……不會吧，萬一德古拉真的想要報復我，那也早就該動作了，不必拖到現在，除非……

韓宇庭倒吸了一口冷氣。

除非龍已經都不在了。

韓宇庭最大的靠山，龍族，已經完全離開雲景市。如果德古拉知道了這個消息，一定不會放過……所以巫老師才會說和龍有關，是這樣嗎？

「噫噫……」

韓宇庭的雙腳一下子發軟起來，忽然湧起一股逃走的衝動，但是他一轉身，卻發現吸血鬼們在他的身後聚攏，現在的狀況可以說是插翅也難飛了。

「怎麼了嗎？」

「那、那個……我想要上廁所。」

「請忍耐一下吧，德古拉大人一定已經等得很不耐煩了。」

請求一下子就被回絕了，絕望的韓宇庭感到胸口就像灌了鉛一樣重，而且上下兩排牙齒還不爭氣地一直打架。

這時門裡走出來一位衣冠楚楚的老管家。

「啊，老爺子。」

「這位就是韓宇庭先生嗎？辛苦你們了。」

老管家對著吸血鬼們使了一番眼色。

啊啊！完了，一定就是現在！

吸血鬼們一收到指示之後，就會轉過身來抓住韓宇庭，把他吊起來狠狠地痛打一頓！

韓宇庭不停地胡思亂想，閉上眼睛做出抵擋的姿勢，口中亂叫著：「啊！」

「咦，貴賓您怎麼了嗎？」

結果老管家並不是要打他，而是以十分關心的語氣詢問。

「呃……沒、沒什麼事。」韓宇庭尷尬地把手臂放下。

「噢！那就好，貴賓請往這邊走。」

老管家恭恭敬敬地替韓宇庭指路。

「啊！好、好的。」

韓宇庭如今就是砧板上的肉，只好忐忑不安地邁出腳步。

不過漸漸地，他感覺自己就像被一群士兵簇擁著的皇帝般行進著。經過的路上，那些吸血鬼們一一尊敬地對他行禮，讓他有些困惑。

如果真的是要報復他，應該不需要對他這麼慎重有禮吧？

回過頭來，韓宇庭一路上享受的一切幾乎都是五星級的待遇，實在讓他很不好意思。

「請問我們要去哪裡呢？」

「從四面八方趕過來的大人們都在等待韓宇庭先生，您見到了就會明白。」

「呃……老爺爺您對我說話不用這麼客氣，我只是一個普通的高中生而已。話說回來，您剛剛說的大人是……」

「您是老爺指定款待的貴賓，一定要以禮相待才行。」

韓宇庭還是很不習慣對方如此莊重拘謹的對話方式，但是老吸血鬼管家似乎以能夠接待韓宇庭這樣的毛頭小子而感到自豪。而且他走得好快，韓宇庭如果不小跑步的話根本就追不上他。

幸好，很快便再次來到德古拉的會客室。

充滿古典氣息、富麗堂皇的大廳裡頭，陳設著要價不菲的高級裝潢以及許多名貴藝術品，不過看起來此刻身在其中的這些人根本無心欣賞。

韓宇庭這回所見的是與上次完全不同的一群人。

「你終於來了啊，韓宇庭。」

說話的是此地的主人，也就是吸血鬼一族實力最強大的族長——德古拉。

坐在主位上的德古拉有如從圖畫中走出，身上是仿效十五、六世紀時的貴族穿著，手上還裝模作樣地端著一只玻璃杯。

「咦，德古拉你說的貴客，竟然只是這麼樣一個年輕的人類小鬼頭嗎？」

「看起來……一點力量也沒有啊！」

「呵！薩麥爾，做人可不能只看表象，這位少年或許真的有什麼過人本領也不一定呢！」

說話的是坐在客位的三名男女，分別是意態慵懶，模樣年輕英俊的金髮男子；膚色黝黑、孔武有力的鬈髮男人；最後一位則是黃種人的模樣，剪著妹妹頭瀏海並留著長髮，看起來十分聰明的唐裝年輕女性。

金髮男子的背後站著次天使，黑皮膚男人背後是翼魔，而女子的後方則是妖狐族的人。

「我先為各位介紹，這名少年名叫韓宇庭，如果說他是這個世界上最了解龍的人，也絕對不誇大。」德古拉說道。

「你說他是這世界上最了解龍的人？哈，這怎麼可能！」次天使族青年嗤之以鼻地說道，「他看起來年紀這麼小，怎麼可能有著比千年大法師們更豐富的知識？狐狸，妳怎麼看？」

「不要叫我狐狸。」妖狐族女性不太高興地噘起了嘴巴。

「九尾，妳是我們之中最聰明的，我不相信這世界上有人的學識比妳還豐富。」

「薩麥爾你別誇我了。想要知道答案，還是問德古拉最快吧！」

妖狐族女性九尾的一番言論，使得眾人又把目光轉回吸血鬼族長身上。

德古拉胸有成竹，似乎一點也不將其他人的懷疑當作一回事。

「在龍族居住在雲景市內的這段期間，韓宇庭是他們的鄰居，所以說他是最了解龍族的人。」

德古拉輕描淡寫的一番話，使得現場傳來了低低的輕呼。

「你住在龍的隔壁？」薩麥爾看向韓宇庭的眼神中充滿了敬佩。

韓宇庭不知道應該做何反應，只能老老實實地點頭。

「那麼現在呢？」鬈髮青年神態興奮地追問。

「已經搬走了。」

「噢……」

他們的表情看來有些失望。

「哎呀！看看我們，居然讓這小孩一直站著。」名為九尾的女性對著韓宇庭招招手，「你叫做韓宇庭嗎，過來我這裡坐下吧。嘻嘻，你怕什麼，我們又不會吃了你！你說是不是啊，德古拉？」

「妳問我做什麼？」德古拉朝她瞪了一眼，一副深受冒犯的樣子。

「你可以叫我九尾狐，或者是九尾。這當然不是我的本名啦，不過只要是妖狐族的族長都叫做這個名字。」九尾好奇地看著韓宇庭，「想不到龍居然會選擇像你這樣的人作鄰居，你身上一定有什麼特別的地方吧！」

「就我所知……」韓宇庭苦笑著回答道，「好像只是因為我家隔壁正好是空房，而且地價又很便宜的緣故吧！」

九尾明顯不太相信這番說詞，不過還是點了點頭，「這件事情我們慢慢再來研究。我先為你介紹，這位是薩麥爾，翼魔族第一勇士，也是我的好朋友，他的腦筋有點不太好，不過人很善良的。」

薩麥爾向韓宇庭微微點頭致意，看樣子似乎是個性格質樸的人，擁有著即使與龍翼藍相比也毫不遜色的壯碩身軀。翼魔族的特徵是紅色的皮膚以及頭上一對崢嶸的角，真不知道這對角究竟是怎麼形成的。

「對面的那位是次天使族的族長米迦勒。」

米迦勒完全不把目光放在韓宇庭身上，自顧自地玩著手指頭。

「和低等種族互相寒暄什麼的就免了吧！」

「他的腦筋同樣也有點不好，講話又尖酸刻薄，韓宇庭你大可不要理他。」

「喂！臭狐狸，妳這是在嘲笑我嗎？別以為兩千年來只有妳一個人把橙舌大圖書館裡頭所有的藏書讀完就可以趾高氣昂起來啦！論魔法實力我可是不會輸給妳的。」

「是是是，我現在沒心情跟你計較。」九尾隨便揮了一揮手，把這個話題擱下。

事到如今韓宇庭終於知道眼前所坐的究竟都是些什麼人了，竟然就是四大上族的族長，也就是在所有的智慧種族中握有最多權力的四個人。

他只是一個普通的高中生，究竟有什麼理由列席其中呢？

九尾彷彿看穿了他的心思，「你一定很疑惑我們為什麼聚集在這裡，更納悶為什麼要邀請你吧？」

韓宇庭點了點頭。

德古拉開口道：「韓宇庭，用不著我多說，你應該知道魔法世界和人類世界是連繫在一起的吧？」

「啊，這個我知道。」

魔法世界以及人類世界，是靠著一處名為「次元海關」的設施連結在一起。傳說在次元海關裡頭有著一座巨大的傳送門，每分每秒都有智慧種族的移民跨越傳送門抵達這個世界，但是誰也不曾見過這座傳送門真正的模樣。（據說在穿越傳送門時，為了保護穿越者，會將他們的眼睛用布矇起來。）

「傳送門是真實存在的。」九尾笑著說，「負責維持傳送門運作的就是妖狐族。」

「智慧種族的移民是一項龐大計畫，即使一切順利，少說也要耗時數十甚至上百年。雖然目前你們已經看到不少智慧種族抵達這裡了，但是絕大多數的同胞們依然守在魔法世界的另一邊，他們所守護的，便是各個種族的基業。」

「啊……」韓宇庭不禁發出驚嘆。

「再怎麼說，要把整個魔法世界的居民全都搬移過來，對於這裡的環境也一定將造成不少影響，土地有所謂的負載力，超過其所能承受的界限，土地就會貧瘠，因此，我們要從魔法世界中盡可能地攜帶資源過來。」

「當然啦，我們上族的財產是稍微多了那麼一點……」九尾圈起了兩隻指頭向韓宇庭暗示，韓宇庭當然明瞭。

經過了許多風風雨雨，韓宇庭如今已經了解到，智慧種族也跟他們一樣，是活在「現實」的生物。被統稱為「上族」的四支智慧種族，長期以來一直把持著魔法世界中最豐富的資源，處於最優勢的地位。

「上族還有很多財產，在未來都會用得到。不過，最近在那邊發生了許多不好的事。」德古拉的表情忽然變得嚴肅。

「不好的事？」

「我們被襲擊了。」九尾說道。

「被襲擊？」

「嗯！」德古拉沉重地嘆了一口氣，「魔法世界那邊儲藏著重要資源的場所，這段日子以來一一遭到攻擊和破壞，珍貴的資源也被劫掠一空，更糟糕的是，駐留在那裡的族人對此毫無對應能力。」

「怎、怎麼會這樣呢？」

韓宇庭的心中感到一團混亂。德古拉說他的族人們「毫無應對能力」，唯一可能的解釋，就是攻擊者遠遠比他們要強上許多。

怎麼可能比上族還要強？一般的智慧種族，他們……

「啊啊！」

難、難道說……

「看來你好像也隱約猜到了呢！真是個聰明的孩子。」九尾滿意地淺笑著，「沒有錯，我們……被龍族。

比四大上族還要更強大的智慧種族，符合這樣條件的還能有誰，答案只可能會是智慧種族中的貴族。

龍族。

但韓宇庭還是被嚇了一跳，「龍？龍為什麼要攻擊你們？」

「這也是我們現在想要弄清楚的事情。」九尾苦笑道。

「不，不可能吧！我認識的龍族是不會無緣無故亂攻擊別人的。」韓宇庭搖搖頭說道。

「你所認識的龍族，跟我們遇到的龍族，是不是可以相提並論，這也是我們找你來此的原因。」德古拉說道，「我讓你見見一個人。」

吸血鬼族長隨即喚了一個手下過來，側耳吩咐幾下過後，那名手下便離開了會客室，不一會兒，當他再次回來時，身後則是帶著一名次天使族。

懸掛在身前的手臂包覆著層層繃帶，這名次天使臉上帶著疲憊的神色，看起來像是遭受過嚴重的打擊，已經很多天沒睡好了。

米迦勒朝他招招手，次天使族不安地來到大廳中央，坐在吸血鬼族為他準備的椅子上，看起來一點精神也沒有。

「這位是……」

「他是遭受龍襲擊時現場的當事人之一，我們並沒有記錄影像的魔法，所以由他來向我們敘述當時的狀況。」

「我、我會努力。」

次天使鼓起勇氣，勉強將話語擠出口，當德古拉提到「龍」這個字眼時，他的身體畏縮地顫抖了一下。

米迦勒點點頭，「那麼你就開始說吧！」

場景是從次天使族遭受襲擊、驚慌地逃命時開始的。

三、魔力掠奪者

「嗄啦啦啦啦——」

「嗚哇！」

逼真的叫聲宛如身歷其境，天空傳來了怒濤般的雷鳴……不對，那不是雷鳴，那是某種動物的吼聲。

龍從厚厚的雲層裡飛出來了。

就像閃電一般迅速地掠過大地，呼啦唰唰唰唰——張開翅膀的龍掀起了激烈狂風，底下的次天使族們瘋狂地大叫。

「哇啊啊啊！牠過來了！」

「守住我們的財產！」

「攻擊！攻擊！」

次天使族人的叫聲聽起來就像是可憐兮兮的絕望高喊。

他們所投出的矛只飛到了大約一半的距離，就化為無力的雨點朝著地面落下，次天使法師們雖然費盡了千辛萬苦，唱出了火球、冰彈，以及各種法術，但也都在發動的過程中因為魔力用完而化為虛空消散。

在天空中的龍張嘴吐出了狂暴的氣息。

「呃啊——！快逃！」

次天使族人們唯一能做的就只有全力潰逃，建築物的屋頂則是被不費吹灰之力地掀了起來。

地面上到處都是狂風、烈風、龍捲風，大地被摧殘得體無完膚，塵土迷濛了視線。小草、大樹……任何沒有辦法動彈的植物們都只能無助地接受毀滅的命運，被連根拔起。放眼望去，世界化為了一片令人膽顫心驚的瘋狂舞宴。

龍伸長了翅翼，就像展翅滑翔的老鷹一般衝向地表，牠的速度奇快無比，大約只有一眨眼的反應時間，接著暴風就來了。

「哇呀～」

恐怖的風暴把所有還能站著、飛著的次天使族一口氣全都壓制到了地面上，每個人的臉上都像肚子被鐵鎚敲了一記般，發出了痛苦的呻吟。

從守衛們發現異常，一直到所有人都躺在地上全軍覆沒為止，總共只花了不到三分鐘，這點時間連泡麵都煮不熟，空虛得難以忍受。

龍看起來對獲得的勝利一點興致也沒有，明快簡單地結束了攻擊，牠飛向空中，然後在翱翔旅程的盡頭閃耀出了刺眼的銀光，接著消失不見了。

取而代之的，一名穿著古希臘式銀色長袍的女子緩緩地從天空降下，臉上帶著無聊的表情。

「嗯嗯……連給我塞牙縫都不夠。」對方輕佻地說道。

當次天使族提到他看見龍族面孔的那一瞬間，韓宇庭瞪大了眼睛。

「是鱗銀小姐嗎？」

他的高喊聲引起了其他人的注意，次天使族猶豫地看著他。

「她是不是一頭銀色長髮，而且臉上帶著玩世不恭的表情，看起來好像天不怕地不怕的樣子？她變身之前，應該是一條銀龍。」

「嗯……我所看見的和您描述的樣子有點落差。」次天使族說道，「但是沒錯，襲擊次天使族據點的就是銀龍。」

依據這名次天使的證詞，當時的銀髮女子無論衣著、髮型以及臉上的表情，都與作為韓宇庭鄰居之時的龍鱗銀有著些許的差異。

不過，也不能就這樣肯定那不是龍鱗銀，因此姑且還是如此相信吧！

韓宇庭耐住性子，繼續聽次天使往下說之後所發生的故事。

只見緩緩降落在一大片躺得東倒西歪的次天使族人中的龍鱗銀，絲毫抬不起對他們的興趣，而是伸手開始收集原本儲藏在建築物裡頭的東西。

某種像是液體卻又不是液體的奇妙物質，像是光束又不完全是光束，總之從已經成為廢墟的高塔之中慢慢飛向銀髮女子的掌心。

「呃、呃啊！」一名趴在龍鱗銀腳邊，好不容易才勉強維持住神態清醒的次天使昂起了腦袋，不甘心地對著她喊道，「龍！妳、妳為什麼要掠奪我們的財產？」

「掠奪？」龍鱗銀彷彿覺得十分莫名其妙，瞇起了雙眼，「魔力本來就是屬於龍族的東西，現在只是物歸原主，何來掠奪的說法？」

次天使族失去了反駁的力氣，只能辛苦地大口喘著氣。

龍鱗銀從掌心裡頭的物質中隨意撒出一點，籠罩在次天使族的身上。

「這些力量應該足夠治療你了。我會留住你的性命，是要你把訊息回去告訴你們族長：別再試圖重複毫無意義的行為，千萬不要妄圖占據不該屬於你們的東西。如果你們繼續忤逆九龍，就等著品嚐到毀天滅地的怒火吧！」

說完銀髮女子縱身一躍，竟然輕鬆寫意地躍上了八、九層樓的高度。

銀光再度強閃，女子重新化為龍形，振翼向著遠方的天際飛去。

故事到這裡就結束了，回過神來，次天使竟然已經滿頭大汗，巨龍似乎造成了他極大的心理陰影。

「真抱歉……我到現在還是不願回想起當時發生的事情，實在太恐怖了。」

米迦勒趕緊揮手讓他下去休息，廳堂內再度恢復到只餘族長們以及韓宇庭。

韓宇庭啞口無言。

「韓宇庭，你聽了以後覺得如何呢？」

「唔……」他略微沉吟，「那聽起來的確很像是鱗銀小姐。那頭銀龍……也與『銀鱗』十分相似。」

「如果是你的判斷，那就更加可信了。」德古拉緩緩嘆了一口氣，疲累地往後靠在椅子上。

「有一些事情讓我們上族族長們覺得很在意。」九尾壓抑著情緒說道，「她說九龍回來了。」

「這、這頭該死的龍！」族人受到攻擊、財產被奪去的次天使族族長米迦勒，握緊了拳頭，忿忿不平地說道，「這筆帳我們絕對不會善罷甘休。」

「但是你打算怎麼做？」薩麥爾問道，「龍的力量連我看了都覺得可怕，普通人絕不可能是牠們的對手，只有召集精英才足以對抗。」

「哼！我們四族族長聚集在這裡，不就是為了討論該如何解決嗎？」餘怒未消的米迦勒，轉過頭去望著九尾，「狐狸，妳讀完了魔法世界裡最大的『橙舌大圖書館』裡面所有的書籍吧？難道就一點也沒有可以讓我們當作參考的資訊嗎？」

九尾咋了咋舌，說道：「即使是橙舌圖書館，裡頭有關龍的典籍不是用早已失傳的文字寫成的古書，就是附有強力的魔法，以至於連打開來都沒辦法。只能說，從龍代以後，有關龍族的知識就失傳得差不多了，所以我們才會連龍為什麼要攻擊我們都覺得費解。」

薩麥爾點了點頭，「嗯！如果不是這位韓宇庭小朋友，我們或許連那頭銀龍的名字都叫不出來。」

「哼！那又有什麼用。」米迦勒抱著胸口負氣地說，「就算知道了龍的名字，我們的損失還是難以恢復啊！」

韓宇庭不禁有些疑惑，悄悄問了九尾一個問題，「九尾小姐，為什麼米迦勒先生對被龍攻擊的事這麼耿耿於懷？照剛才次天使族人的說法，被摧毀的房子規模似乎並不大，而且龍族其實沒有殺死任何人，不是嗎？」

「韓宇庭，那就是你不曉得了。」九尾耐心地解釋道，「有些資源的價值是那些財產遠遠比不上的。」

韓宇庭眨了眨眼，資源！對於上族來講最珍貴的資源是什麼？

他回想起龍鱗銀從次天使族的建築物中取走的那樣物品……

「啊！難道說，是魔力嗎？」

「答對了。」

「難、難怪……」

韓宇庭這下總算能夠明白了，為什麼上族族長們對這件事情如此重視。

「魔法世界的魔力已經陷入枯竭，老實說，就算是我們上族，現在想要蒐集魔力也是越來越困難，但是龍卻毫不留情地把我們辛苦囤積下來的魔力給奪走。」

而且魔力就是使用魔法時所需要消耗的資源。與其他智慧種族相比，上族們雖然更擅長使用魔法，同時也對魔法更為依賴。

「不過，魔力是可以那樣儲存的嗎？」

九尾露出狡猾的微笑，「那是我們四大上族的祕密……不過說穿了，那也是龍代所遺留下來的技術。」

韓宇庭點了點頭。

「總而言之，現在可以確定的是，襲擊次天使族的龍是銀龍，而且還是先前來到雲景市居住的那一條銀龍。」久未發話的德古拉說道。

「那個……德古拉先生，我想請問，襲擊上族的龍就只有銀鱗嗎？」

德古拉搖搖頭。

「那是……」

「紅、橙、黃、綠、藍、銀……在魔法世界的各處展開攻勢的龍族，總共有六條。」

「六條！難不成……藍翼也在？」韓宇庭微微蹙起了眉，但是還有一件讓他更為在意的事情，「那、那麼，沒有黑龍嗎？」

「因為沒有影像，所以我們無法回答你。」德古拉說道，「至於你的第二個問題，我們收到的回報裡頭並沒有發現任何黑龍。」

「咦……」原本以為能夠更進一步得到龍羽黑的消息的，聽到了這番話的韓宇庭忍不住洩氣地垂下了肩膀，不過，他並沒有因此陷入絕望，「銀鱗、藍翼與龍同學是姐弟妹，因此說不定他們也知道龍同學現在的下落。」

德古拉詫異地望著他，「你想要尋找的那條黑龍，如果我沒記錯的話，應該是條幼龍吧？」

「嗯……對。龍同學被她的母親帶回了魔法世界，因為……因為……啊啊！」

「怎麼了，韓宇庭，看你一副若有所悟的樣子，是不是想到了什麼？」

「也許，我知道為什麼龍族要收集魔力了。」韓宇庭不太確定地說道。

「你說的是真的嗎？」米迦勒渾然忘記了自己先前根本不屑與非上族人交談的事情，焦急地追問，「快告訴我們！」

「龍羽黑同學是為了參加她的成年禮而回到魔法世界的，在這段期間內，龍族就開始活躍並且襲擊世界各地的魔力儲藏所，因此我想這兩件事情說不定有關連。」

「就這樣？」米迦勒皺起了眉頭，「這種推測未免也太牽強了吧？」

「但是，也不是不可能。」九尾搖搖頭，「除去龍代流傳至今的神話故事，我們對龍族的了解非常少，只知道牠們是與魔力密不可分的種族。不然，已經消失千百年的龍族，為什麼突然會在這個時期頻繁出現，還一直找我們麻煩？」

「可惡！難道說他們真的要拿走我們的魔力在那什麼禮的上面使用嗎？開什麼玩笑啊！要是缺乏了這些魔力，我們會很困擾的。」米迦勒不耐煩地說道。

「這些問題，說不定我們得親自問龍才會知道了。」

「問龍……也是啊！」薩麥爾摩挲著自己的下巴，「的確是不問不清楚呢！」

出乎意料地，在場竟然沒有人提出「這是什麼鬼主意啊」之類的質疑。四大上族的族長可都不是平凡人物，一旦他們發覺了最有可能解決問題的對策，不論那個想法有多麼瘋狂，他們也會認真考慮。

但是這裡畢竟有一個跟族長們無法相提並論的十六歲人類普通少年，對話的高度一下子變成了韓宇庭沒有辦法攀上的懸崖高峰，但是他依舊感受到眼前的大人們並沒有把這件事當作開玩笑。

「組織一支探險隊啊……」米迦勒抱著胸口，一副認真盤算的神色。

「那個，你們是真的打算回到魔法世界親自問龍嗎？」

「是啊。」九尾淺笑著說道，「從現有資訊來看，那隻銀龍似乎不是一條不願意和我們對話的龍，問問看也沒有什麼損失。」

「那、那麼……」韓宇庭不知道從哪裡湧上來一股熱血，「可以帶我去嗎？」

族長們個個露出了一副意想不到般的表情訝異地望著他。

「為什麼？」

「呃……呃……這個……」

「你該不會是想要藉著這個機會調查幼龍少女的下落吧？」

韓宇庭漲紅臉頰，被德古拉說中心事。

「唉，果、果然沒沒辦法嗎？還是當我沒說好了。」

看見他們的表情，韓宇庭就猜到這件事八成沒譜了，不由得有些喪氣。

德古拉和九尾相互對看了一眼。不過這時候米迦勒率先說道，「在說什麼傻話呢，蠢小子，這件事情對我們來說事關重大。我們是要冒著危險找龍談判，可不是去郊遊的啊！」

「但、但是，說不定我可以和鱗銀小姐說說看啊！」

「你想跟龍說什麼？別笑死人，像你這種毛頭小子，你以為只是當了幾天的鄰居，那條銀龍就會把你放在眼裡嗎？」

「唔……」儘管韓宇庭不怎麼情願，但還是不得不同意次天使族族長的說法。

「如果我們需要你的話，或許會考慮讓你參與。可是現在看起來並沒有這個必要。」

「等等，我有不同的看法唷！」

「九尾？」

「雖然只是以『鄰居』這層關係來看，要說韓宇庭有辦法說服銀龍確實有些牽強，可是即使是這麼薄弱的關係，也要比我們這些跟龍一點關係都沒有的人來得更好吧?更何況，據德古拉的說法，這名少年頗得銀龍信賴，他甚至還曾經幫銀龍出戰過德古拉呢！」

「是、是真的嗎？」

面對薩麥爾和米迦勒同時投來的吃驚視線，德古拉十分不自在地撇過了頭，但是也等於有間接承認的意思。

「結果如何？」

「不勝不敗吧！」德古拉看起來很不想重新提起這件事。

「總而言之，我認為可以把韓宇庭考慮進我們的戰力。」九尾下了個總結。

「但是，這少年還是一位學生對吧？」薩麥爾問道，「我聽說人類的學生就等於是尚未成年的人，他可以這麼自由地說走就走嗎？」

「唔……」

韓宇庭發出了一聲嘆息，薩麥爾說得沒錯，既然他的身分還是學生，也就表示，學校、父母，都是他出發前必須先克服的問題。

「吸血鬼族是雲景市政府跟雲景高中背後的有力資助者，我相信他們能夠很輕易地替韓宇庭辦好請假的手續。至於次元海關那部分也不用擔心，畢竟……嘿嘿！那座傳送門就是掌握在我們妖狐族手裡呀！」

九尾俏皮地吐了吐舌頭，旋即正色地對著韓宇庭說道：「不過，韓宇庭呀，你最好還是仔細考慮清楚之後再下決定，畢竟我們無法彌補你失去求學的機會，此外也必須說服你的父母。這趟我們可是要去見龍的，別把它想得和校外教學旅行一樣簡單了。」

「九尾妳多慮了，若是有我們四位族長相陪，哪怕遇上任何危險也都該迎刃而解。更何況，韓宇庭他從來就不是龍的敵人吧？」薩麥爾誇口說道。

「小心駛得萬年船啊。」

雖然看上去九尾和薩麥爾都同意了，但是米迦勒仍然有不同的意見。

「德古拉，你以為如何呢？」

德古拉瞄了韓宇庭一眼，緩慢地說道：「需要考慮的因素太多了，即便我此刻同意，但韓宇庭在知道了此行的風險之後，或許他的答案將會改變。」

「我……」

「你有很多時間可以慢慢考慮，不必急著現在回答。」德古拉揮一揮手，打斷了正想開口的韓宇庭，「暫時就這樣吧。感謝你今天提供了我們許多寶貴的訊息，我先安排你下去休息，稍後讓我們請你吃頓晚餐，聊表謝意。」

韓宇庭從德古拉的語氣中聽出他的內心已經做出了決斷，即使這時候再設法勸說，恐怕也動搖不了他的想法吧！最壞的結果不過也就是德古拉並不支持他而已。

其實，本來他也不期待對方真的會答應他的請求。就算他曾經是龍的鄰居，但終究只是個小孩子，族長們是不會認真把他放在眼裡的。

但是，這已經是他目前唯一想得到的，能夠獲得更多有關龍羽黑消息的辦法了。

「不要太沮喪啦，韓宇庭，萬一真的無法成行，有關你所說的那條黑龍的事，我過去之後也會幫你多加留意的。」九尾安慰說。

「謝謝您。」

韓宇庭無奈地點了點頭，隨後便在吸血鬼老管家的帶領之下離開了會客室。

族長們恐怕還有許多事要忙吧！臨走之前，韓宇庭稍微回頭朝著會客室裡的身影瞥了一眼，那四人正一刻也閒不下來似地展開了熱烈的討論。

老管家帶著韓宇庭離開會客室，準備到別的房間休息，當他們來到走廊上時，忽然聽見不遠處傳來一陣吵吵鬧鬧的騷動聲。

「放開我，你們這些混蛋！」

「安靜，你們是從哪裡冒出來的傢伙啊！難不成是小偷？」

「你說誰是小偷啊！你們才是土匪、吸血鬼、綁架犯！」

「胡說什麼，你們先闖入我們的屋子，居然還敢說我們是綁架犯？真是豈有此理……啊，不過我們倒真的是吸血鬼沒錯。」

「呃呃……」

聽到了那一道傻呼呼的聲音，頓時讓韓宇庭的五官都皺了起來。

「怎麼會……」

他疑心大起，連忙撇下了老管家，急匆匆向著聲音的來源跑去。

「可惡！你再不放開我的話，我就要大叫囉！」

「你叫啊！你是打算要叫給誰聽啊？說起來，你旁邊這位小姐連一聲都沒有吭，光你一個人在那邊大聲嚷嚷也太不像話了吧！」

「拜託你少說個兩句行不行？你不知道我們的臉都被你丟光了嗎，砲灰！」

飛奔過來的韓宇庭和走廊上的另一名少女異口同聲地大喊。

「咦？」

被吸血鬼抓著的，以及從走廊的另一頭急奔過來的兩人驚異地相視一眼。

「黎雅心？」

「韓宇庭！」

「還有我！」砲灰高興地叫著。

「你閉嘴！」韓宇庭和黎雅心再次默契十足，同時對著砲灰吼了回去。

「呼……呼……韓宇庭先生，您怎麼突然跑得這麼快？」

此時，老管家終於氣喘吁吁地趕到了現場。

韓宇庭分別望著老管家、黎雅心與砲灰，還有抓住了他們兩人的那幾名黑西裝吸血鬼，大腦裡的思緒一時之間變得非常混亂。

不過他很快地就先指著砲灰的鼻子問道，「你們怎麼會在這裡？」

「咦，你問為什麼啊……我們看見你被吸血鬼綁架了，因為非常擔心你，就混到了他們車上啦。」

砲灰意態高昂，看起來完全不覺得自己陷入困境。

「韓宇庭你可以不用再害怕了，我們來救你了。」

「不不不，那個……現在反而是你們被人家給抓起來了吧？」韓宇庭忍不住下意識地搖搖手，還覷見站在砲灰背後的吸血鬼同樣也傻眼，露出了一副目瞪口呆的神情。

「我們剛剛接受到了德古拉大人的命令準備出車，在檢查車子時才發現這兩個人躲在後車廂裡。」

「嗚……因為我的魔力用完，變身失效，所以才會被吸血鬼發現。」黎雅心懊惱不已地說道。

韓宇庭無奈地跺了跺腳，「真是的，你們怎麼會做出這麼瘋狂的舉動呢？老管家，請問您能不能叫這些人把我的朋友放開？」

老管家清了清喉嚨，「嗯咳，這兩位是貴賓的朋友，請你們趕快將人放掉吧！」

可是黑西裝吸血鬼們卻露出了為難的表情。

「老爺子，我知道您的職責是招待重要的客人，可是同樣地，我們維安組也必須要徹底確保宅第周邊的安全才行啊！」

「這……說得也有道理啊。」老管家困擾地支吾了起來。

「我敢保證他們絕對不是什麼可疑分子，吸血鬼大哥們，拜託你們高抬貴手吧。」

「真是對不起啊，貴賓，但是這件事可是關係到我們的飯碗。如果我們私縱入侵者，是會被上頭處罰的。」黑西裝吸血鬼們雖然有些同情韓宇庭，但也只能狠下心來搖搖頭。

「老管家，請您仔細回想一下，我的這位朋友不是曾經在宅第裡頭工作過嗎？她是您認識的人吧！」

韓宇庭指著黎雅心，後者也拚命地點頭。

「這個……好像是有點印象，這位小姐的確曾在宅第裡擔任女僕的工作。」老管家苦苦思索，令韓宇庭他們看見一絲曙光。

「但是如果是離職的員工又再潛入宅第，聽起來嫌疑就更大了吧？」

哪知道黑西裝吸血鬼忽然在這個時候神來一句，老管家聽到之後更是頻頻點頭，這下子韓宇庭反倒是措手不及了。

「韓宇庭，你還真是哪壺不開提哪壺耶！」砲灰嘆了口氣。

「你還真敢說啊，這還不是為了你們？」

「既然如此，那就更應該迅速調查。」吸血鬼們一副急著要把人帶走的模樣。

韓宇庭慌張地大叫起來：「請等一下，那、那我的朋友們會被怎麼樣呢？」

「我們會先帶他們去接受仔細的盤問。」

黑西裝吸血鬼一面說著一面露出尖尖的牙齒，看得三人臉色發白。

「嗚哇！不得了啦！這些吸血鬼該不會是想要對我們刑求逼供吧？韓宇庭，快點想辦法救救我們啊！」砲灰驚恐地說道。

「求求你不要異想天開，自己嚇自己了。」

「把他們帶走！」

「哎呀，等等！」

正當韓宇庭束手無策，黎雅心也幾乎放棄最後一絲希望的同時——另一道聲音打破了這凝著的局面。

「那麼，如果是我來下令的話，就不會有人責怪你們了吧？」清脆的聲音聽來斬釘截鐵，竟是理所當然的命令式語氣，「現在立刻放了他們！」

吸血鬼們紛紛驚訝地回頭。

「呀！小小姐？」

走廊末端出現了兩道一高一矮的身影，那名身材比較矮小，但是卻又威風凜凜的金髮少女，不正是伊莉莎白嗎？

「伊莉莎白同學？米娜同學？」

伊莉莎白扠著腰走上前來。

「這幾位都是我的朋友，不可對他們無禮，現在立刻放人吧！」

「可是，小小姐……」

「本姑娘說的話你們也敢不聽嗎？出什麼事情自然由我承擔，你們還不快點退下？」

黑西裝吸血鬼們只好趕緊釋放黎雅心和砲灰。

黎雅心總算鬆了一口氣，「真是多謝妳們啦！伊莉莎白，難道妳們是放心不下才跟來的嗎？」

「哼！少往臉上貼金了，本姑娘才不是特別為了你們，只是怕你們欠缺計畫的盲目舉動又給我添亂！」

「真是的，雖然知道你們是擔心韓宇庭才跟過來，但是也太欠缺計劃性了吧？據我所知，我們家族對付入侵者的手段可是十分殘酷的唷！」米娜說道。

黎雅心和砲灰聽了以後忍不住牙齒打顫。

「算了，先到本姑娘的房間之後再說吧！」

眾人來到伊莉莎白的房間。

第一次見識到吸血鬼族族長之女平日起居的環境，豪華擺設使得他們之中的某個人驚訝得嘴巴久久不能闔上。

「嗚哇！好漂亮的房間啊！」砲灰忍不住發自內心地讚嘆，「妳、妳是個貨真價實的大家閨秀呀，伊莉莎白同學！」

「還、還好啦，住得也只是普普通通而已。」伊莉莎白露出了沾沾自喜的笑容。

「對了，伊莉莎白同學，這裡怎麼擺放了一堆電動玩具呢？」

「這、這……」伊莉莎白面對砲灰的問題顯得有點慌張，「哎呀你不要亂看，這只是本姑娘平日無聊的消遣罷了！」

「咦，還有一張紙條：『每日特訓一百次，務必打倒龍』？」

「嗚哇……哇哇……這個不要亂看！」

伊莉莎白大吃一驚，連忙衝了過去，想要把紙條搶走。看不下去的韓宇庭連忙跳出來解危。

「夠了吧，砲灰，人家好歹也是把你救出來的恩人耶，不要討論這種沒營養的問題。話說回來，你這隻穿著衣服的猴子，現在總算知道一個有文明的人類應該住的是什麼地方了吧？」

「你說什麼啊，韓宇庭，你的房間也只不過是……稍稍比我整齊一點，憑什麼這樣教訓我？更何況，這裡的主人也不算是個人啊！」砲灰氣憤難抑地反唇相譏。

「嗯？」

「哇啊，米娜桑，請妳不要瞪我！」砲灰畏畏縮縮地喊道，「我是說……這裡的主人是吸血鬼。」

「算了，我不跟你計較。我去為你們拿點東西吃喝，大家就先好好休息，特別是韓宇庭。」巧妙地維護了主人的尊嚴，同時也不忘記照顧賓客的需要，米娜真不愧是個稱職的女僕。說完之後狼人少女便走了出去。

「太好了，沒想到還有好東西可以吃。」先前的緊張似乎使得砲灰飢腸轆轆，「真不愧是有錢人家的大小姐，韓宇庭，這點你可要學學。」

「我們狀況不同，無法比較。不過，剛剛你們潛進來的時候，砲灰你是第一次看見雅心變身的模樣吧？沒有嚇到嗎？」

「啊、啊？你、你在瞎說些什麼啊！這點區區小事，怎、怎麼可能嚇得倒我砲灰大人呢？」

韓宇庭什麼都還沒有說，砲灰就已經先不打自招地全部暴露了出來。

「別提了！」黎雅心一副不願回憶起惡夢般的表情，面目猙獰地瞪著砲灰，「我真後悔當時沒有把你掐死。」

「掐死我，妳就少了一個最好的朋友啦！」砲灰厚臉皮地說道。

「哈哈！」韓宇庭忍不住輕笑出聲，同時也真心為黎雅心感到高興。

黎雅心一直認為自己變身的模樣很醜陋，擔心朋友們見到後會因此對她另眼相待，但事實證明她的擔心是多餘的，韓宇庭和砲灰都不會因為知道了這些事就減損對她的友誼。

「看你們聊得很開心呀！來，點心跟飲料送到了。」

米娜端著清涼的水果和飲料回到房間，砲灰和黎雅心立刻大聲歡呼著迎了上去。

眾人一面吃著點心一面休息。

「好了，韓宇庭，現在可以向我們說明，本姑娘的父親找你到底是為了什麼事了吧？」

「嗯，好，我現在就為大家說明。」

終於要開始說明大家最關心的事情了。韓宇庭抹抹嘴唇，開始述說一切的始末。

隨著從他口中吐出的敘述，大家臉上的表情漸漸凝結，歡樂的氣氛慢慢地凝滯，只剩下眾人粗重的鼻息聲。

「難怪啊……看德古拉大人最近總是一副食不安穩的模樣，原來在魔法世界竟然發生了這種事。」米娜搔著下巴說道。

「伊莉莎白同學，妳是怎麼想的？」韓宇庭惴惴地向金髮吸血鬼問道。

「什麼怎麼看？」吸血鬼家族大小姐嘟起了嘴，「本姑娘對吸血鬼家族的產業沒有興趣。」

坐在床鋪邊緣的金髮吸血鬼慵懶地抱住了胸口，稍微朝後方躺在堆起的枕頭上。

「反正上族的財富也是靠剝削其他種族而來，剛好趁著這個機會好好反省。你們人類在數百年前就已經廢除了奴隸制度，朝著各族平等的方向努力發展，如今依然興盛蓬勃，正可讓智慧種族好好學習。我們日後必須在這個世界生存，過去的陋習遲早得一一革除。」

伊莉莎白的發言使眾人都露出了敬佩的表情，米娜更是暗暗讚嘆，日後如果她成為吸血鬼族的領袖，勢必可以將族人帶往與過去截然不同的方向，屆時吸血鬼一定可以成為令其他人發自真心尊敬的種族。

「只要人能藉著傳送門過來這裡就好，我們吸血鬼族只要有手，只要有血，日後依舊能夠永續地繁衍下去。」

「伊莉莎白同學，妳能說出這番話來真是太不簡單了。」

「嗯哼哼……嗯哼哼……你到現在才知道本姑娘的程度嗎，韓宇庭？不過這對本姑娘來說其實也不算什麼啦！」

伊莉莎白蹺起二郎腿，故意裝作對韓宇庭的讚美不怎麼在乎的模樣，實際上依舊時不時地用眼角餘光偷瞄幾眼，喜上眉梢顯而易見。

「話說回來，韓宇庭，你似乎對族長們提議組成的探險隊很有興趣的樣子呢。」米娜意味深長地說道。

「是啊！該說這些族長們是大膽還是瘋狂呢？」砲灰吐了吐舌頭。

「是的……我想，這可能是探聽到龍同學目前狀況的唯一辦法。」

「咦？」

「雖然沒有證據……可是我卻強烈地覺得，龍族會做出這麼突然的行動，一定跟龍同學有關。」

「為什麼你會這樣想？」

「唔……這只是我的直覺吧！」

「聽你的語氣，該不會是想要參加這支探險隊吧？」黎雅心察覺到他話中有話，不安地說道，「勸你還是打消這個主意吧！聽說魔法世界處處是危險，說不定你去了以後會沒命回來喔。」

「可、可是……」

「而且羽黑當時不是說過，一旦成年禮結束就會馬上回來了嗎？你根本犯不著以身涉險，只要耐心等待就好了。」

「雖然當時紫晴女士確實是這樣子對我們說，但是如果事情真的這麼簡單，那他們為什麼要如此突然地不告而別，什麼訊息都不留下呢？而且當時鱗銀小姐的態度也讓我很疑惑，我懷疑……」

「你懷疑？」

「我懷疑或許從頭到尾紫睛女士都沒有把真相告訴我們。」

「唔……」

「總而言之，如果不能夠親眼確定龍同學現在的狀況，我、我就沒辦法安心。」韓宇庭握著雙拳低下頭來，露出非常堅定的眼神。

「算了吧，雅心，妳沒有辦法勸阻他的。他這傢伙啊，只要一提到羽黑同學的事情就腦袋發熱呢！」

砲灰把手搭在黎雅心的肩膀上搖了搖頭，語氣中好似已經看穿了一切。

「我……我……我只是……」

黎雅心意外地顯得十分困擾，重重地呼吸了好幾口氣，最後終於無力地垂下肩膀。

「我不管了啦，你想怎麼做就怎麼做好了！」

說完，半拉彌亞族少女負氣似地退到了一邊。

伊莉莎白轉過頭來，說：「但是，如果本姑娘的父親最後決定不讓你參加呢？」

「到時候……到時候我再想別的辦法。」

「好吧！我會再幫你觀察父親大人的意向，可是不保證一定能夠成功就是了。」

「謝謝妳，伊莉莎白同學。」

米娜看了看窗外的天色說道，「時候不早了，你們也差不多應該回去了吧？我去請車房為你們備車。」

「哎呀，現在就得要離開了嗎？這裡的環境這麼漂亮，我還真想要多留一會兒呢！」砲灰頻頻轉頭觀望著四周圍奢華的環境，依依不捨地說道。

「你真的這麼不想離開嗎？那好啊，我們很歡迎你留下來和我們一起共進晚餐。」

「噢噢！妳說的是真的嗎，伊莉莎白同學？會有什麼好料嗎？」聽到有得吃，砲灰眼神一亮，迫不及待地抹了抹嘴邊的口水。

「呵呵……你說呢？我們是吸血鬼，說到晚餐的話，那自然是……」

伊莉莎白眨了眨眼，奸笑著朝著砲灰透出了一切盡在不言中的笑容。

「嗚哇呀噫噫噫噫噫——」砲灰驚慌失措地跳了起來，落荒而逃。

「喂！怎麼啦，你不留下來的話，本姑娘的晚餐該怎麼辦啊？」

「嗚哇！我不敢啦！伊莉莎白大人，拜託饒了我的小命吧，我要回家啊媽媽啊啊啊啊！」

「哈哈哈哈哈哈～」

砲灰的聲音遠遠地從外頭的走廊上迴盪開來，房間裡的眾人全都捧著肚皮，大笑了起來。

四、次元海關與銀龍的謎語

「爸爸，媽媽！」晚餐時，韓宇庭在餐桌之上猶豫地問著父母親，「如果我說想要出去旅行一陣子，你們可以接受嗎？」

「咦？你怎麼突然這樣子問？」吃到一半的媽媽放下了筷子，「你想要出國遊學嗎？」

「呃……也不算是啦！我想要去……呃……更遠的地方。」韓宇庭支支吾吾地回答。

他不知道該不該在此時向父母坦承，其實他要去的地方是魔法世界。如果說出來的話，不知道兩老會不會大力反對？

韓宇庭讀過不少的文獻與資料，裡面都提及，雖然次元海關是聯繫著魔法世界和人類世界的雙向通道，但是很少人類通過傳送門去到魔法世界生活。

有一種說法認為，不單是因為那裡已經是個逐漸邁向結束的世界，而且魔法世界之中的空氣和水，以及種種的環境都讓人類難以適應。

所謂的移民並不是只有跨過傳送門那麼簡單。正如黎雅心所言，在陌生的土地上，處處都可能是危險，一個沒有辦法使用魔法的人類去到那裡，必須面對未知的疾病、有毒的空氣或水土、凶猛又危險的怪物與野獸……從這點來說，智慧種族們能夠順利地生活在人類世界，除了因為他們擁有強健體魄，也要歸功於人類世界環境的溫和。

「雖然不知道你想去哪裡，不過現在可是學期中，而且你很快就要段考了，韓宇庭，你的成績……讓媽媽有點擔心啊！」

「嗚！」韓宇庭縮起了肩膀，媽媽正說到他的痛處——上一次的考試成績並不理想，他上了高中以後，才發現自己太小看了高中的課業。

本來以為這件事情就此無望，然而媽媽吞下了米飯之後，說出了看似仍有轉圜餘地的話語：「即使如此，你也想要出去嗎？」

韓宇庭毫不猶豫地點了點頭，「我會自己想辦法湊足旅費，也會注意安全，所以可不可以……」

「嗯，好啊！」出乎意料地，媽媽竟然明快地回答。

「咦咦？」

「怎麼啦，一臉驚訝的樣子。」

「沒、沒什麼，只是我以為你們會反對。」

「我和你媽都覺得，趁著你還年輕，多多出去見識一下世面也是不錯。」

爸爸停下筷子，理所當然地說道。

「我們不希望你成為一個只懂得念書的書呆子，何況你將來的夢想不是當個智慧種族研究學者嗎？作為學者，更不能將自己埋在象牙塔內，藉著這個機會，好好去接觸將來想要研究的目標吧！不管怎樣我們都會支持你的。」

「謝謝爸爸媽媽！」

韓宇庭沒想到他們這麼輕易地就答應了，心裡升起一股飄飄然的感覺，高興得好想馬上把這件事和朋友們分享。

他三兩下把飯菜扒進了嘴裡，然後把吃得乾乾淨淨的碗筷朝桌上一扔。

「我吃飽了！」

韓宇庭迫不及待地跑上樓，腦海中淨是將要出發的喜悅，一遍又一遍咀嚼著父母親同意的字句，卻在踏上樓梯的同時，腦袋像被鐵鎚敲到一樣迸出了火花。

「我們不希望你成為一個只懂得念書的書呆子，何況你將來的夢想不是當個智慧種族研究學者嗎？作為學者，更不能將自己埋在象牙塔內，藉著這個機會，好好去接觸將來想要研究的目標吧！不管怎樣我們都會支持你的。」

這是爸爸剛才對他所說的話語。

他又還沒有講，他們兩人怎麼會突然扯到智慧種族？

難道……他們其實早已識破了自己的目的，只是沒有說穿？

「爸爸、媽媽？」

激動的心情冷卻了下來，韓宇庭從樓梯上回過頭，爸爸和媽媽依然還在坐在餐桌前，悠閒地吃著晚飯。他這時才真真正正地體悟到父母的用心，同時也升起了對他們誠摯的感激。

「我不會辜負您們的信任……我不但會找到龍同學，也會充分利用這次寶貴的經驗，化為以後研究智慧種族之路上的基石。」

他暗暗下定了決心。

回到房間，韓宇庭發現放在床頭的手機裡多出了一條來自不明號碼的簡訊。

雖然只有短短的一行，可是內容卻讓他無比振奮。

「明天上午八點，我會派人接你——德古拉。」

「唔哇！」

隨著這一聲驚嘆，飛機向著地面越來越靠近。韓宇庭坐在窗邊，透過那小小的窗口，向下俯瞰著島嶼及大海。

「怎麼樣，韓宇庭，這趟空中之旅是不是讓你畢生難忘呢？」

身邊的九尾凝望著他的側臉，露出淺淺的笑容。

他們現在所乘坐的乃是由妖狐族特別派遣的私人飛機，全世界也只有九尾擁有無論在任何地方起飛都能夠直達次元海關的特殊權力。

穿越雲層的飛機，伸張的兩翼割開了晴空，翻騰滾絞的白浪，還有一些雲絮依依不捨地繾綣在機翼兩端，但也旋即隨風飛去。

南歐地區溫暖的陽光如同恣意灑落的黃金薄紗，覆蓋在機身之上，天空晴朗，海水湛藍，他們此行的目標就在地中海中的某一座小島之上。

飛機割開了海鳥的尖叫聲，它所排開來的風，強韌地推送著海面上凌亂的波浪。緊接著，島嶼上的燈塔、跑道以及紅旗躍入了韓宇庭的視線。

飛機在半空中稍微調整了角度，對準跑道中央，正確地來到了軌道上，落地時的一下激烈彈跳，很快地化作奔馳於地表之上的平穩。

咻——轟隆轟隆！

當一切歸於靜止之時，韓宇庭大大地嘆了一口滿足的氣。

「好了，我們到啦！」

九尾幫韓宇庭解開安全帶。

「韓宇庭，歡迎你來到次元海關。」

韓宇庭興奮得差一點手舞足蹈起來。

作夢也想不到居然有機會能夠親眼目睹次元海關的真貌。此處可以說是所有智慧種族迷心目中的聖地，因為無論是何種族，只要是打算移民來人類世界的智慧種族都必定會經過這扇窗口。

「瞧你興奮成這樣，是不是一直想來這裡呀？」

「真不好意思，確實被您說中了。」

「哈，你這孩子可真奇怪，像你這種年齡的人類小孩，應該更喜歡去遊樂園之類的地方才是吧！」九尾笑吟吟地說道。

「唔……也許我跟別人有些不一樣，從小我就對智慧種族的事情特別感興趣。」

「該不會也包括次元海關裡頭的那扇傳送門吧？」

韓宇庭頻頻點頭。

「次元海關裡的傳送門至今為止都還沒有任何相片流傳出來，假使能夠看上一眼，在智慧種族迷的網站上肯定可以驕傲得述說一輩子……九尾小姐，請問它真的那麼神祕嗎？」

「這個嘛……其實完全不是大家所想的那樣。一切都要怪那些老頑固，當初剛踏入人類世界的時候，他們總是對人類的科技產品感到陌生又恐懼，還說什麼照相機會把靈魂抓去之類的鬼話，甚至不准我們拍照呢。」

「咦？」韓宇庭驚訝得連下巴都掉了下來，「真相原來是這樣的嗎？」

「是啊！不過隨著時間過去，比較年輕的世代慢慢適應了人類世界的文明，就連電腦、手機也都開始使用了……嘻嘻，不說也許你不會相信，米迦勒那傢伙還跑去當起了模特兒跟拍電影哩！」

「是、是真的嗎？那位米迦勒先生？」

「嗯……據說還是頗有知名度的國際巨星，他那張臉滿受人類女性歡迎的。可是如果要我說的話，我倒是覺得薩麥爾更好一點……欸，我剛才這些話你可不要說出去唷！」

韓宇庭搗蒜般地點了點頭，表示自己守口如瓶。

「很好很好。」

「這麼說來，傳送門實際上並沒有什麼特別之處嗎？」

「唔……好吧，但至少在這裡依舊可以看見初來乍到的智慧種族們吧！如果運氣好的話，說不定我還能看見一些稀有的種族呢！」韓宇庭滿懷希望地說道。

九尾搖了搖頭。

「有個期待是不錯，不過，希望你等一下不要太失望才好。」

「咦，為什麼？」

九尾賣了個神祕的關子，搖著手指稍微朝著飛機的出口處比了一比，隨行的團員們都已經魚貫地等在那兒準備下機了。除了九尾之外，其他的族長也搭乘這輛座機，但是彼此乘坐的頭等艙都離得很遠，他們會在出口處會合。

在下飛機之前，九尾對他們說：「我早就料到可能會發生這種情況，所以好幾天前就先吩咐部下暫停次元海關的運作囉。」

「真是深思熟慮啊！」薩麥爾讚嘆。

「這是當然。」

雖然平時臉上總是掛著愉快的笑容，就像鄰家大姐姐一樣可親，但是九尾其實是智慧種族中首屈一指的智者。

不過，她會做出這種決定，實際上也和妖狐族受到龍族的侵襲有關。

眾所皆知，維持傳送門的運作需要大量的魔力，一直以來都是由四大上族協議各自所需分擔的分量，但是現在魔法世界那邊的供應線已經斷絕，繼續讓傳送門開著的話，總有一天也會油盡燈枯。

「如此說來，我們就可以用最快的速度通過傳送門了。」德古拉十分滿意地點頭。

「是啊，完完全全是ＶＩＰ級的待遇喔！」九尾半開玩笑地說道。

「噢……」

全部團隊之中只有韓宇庭一個人深感遺憾地嘆了一口大氣，了解原因的九尾於是朝他露出了稍微有些抱歉的微笑。

下了飛機之後，果然就如九尾所言，一點也看不見理應是人潮擁擠的海關盛況，整個機場空蕩蕩的，

什麼人也沒有。

「咦，竟然連個負責引導的人員也沒有！」九尾不太高興地嘟囔著，「這群小鬼，該不會以為傳送門關閉以後就可以偷懶開小差了吧？」

「嗯嗯，好厲害啊，難道這就是傳說中的妖狐族的ＶＩＰ級接待？」米迦勒斜眼睨著妖狐女子，喜孜孜地說。

「大家等著瞧！」

一行人來到海關的大門口，結果竟然連自動門也紋風不動。

「原來如此，看起來要當妖狐族的ＶＩＰ也是很辛苦的呀！」

「豈有此理！」

九尾對著玻璃門又踢又踹，可惜對著硬邦邦的門並沒有起什麼效果。最後是靠著薩麥爾撬開了門，眾人才得以進入建築物內。

然而呈現在眼前的，卻是他們從來未曾預料到的景象。

笑意從九尾臉上整個退去。

「這是……發生什麼事情了？」

妖狐族長哭喪著臉大叫著。

眼前的海關大廳有如遭受風暴一般，石灰泥牆上遍布著蜘蛛網般的裂紋，桌椅東倒西歪，細石木屑四處紛飛，地板碎成了一片又一片的馬賽克，實在令人不忍足睹。

「還有人在嗎？」

警覺的薩麥爾邁開大步衝向深處高喊，不一會兒，建築物裡頭傳來了悲慘哭泣的回音。

「嗚嗚，族長！」

緊接著出現的，是一群灰頭土臉的妖狐族。

一行人在妖狐族的帶領之下，急急忙忙趕到他們此行的目的地，也就是次元海關中最珍貴的寶物——傳送門的所在位置。

然而在那裡等待著他們的場景，卻把他們重重地打入絕望的深淵。

豎立在巨大房間中央臺階之上的，是一座有著好幾個人高、古銅色的圓形鐵環，其上銘刻著複雜難解的咒文，鐵環如今黯淡無光。

九尾詫異得連話都說不出來了。

「怎、怎麼會這樣……」

她的眼神一下子失去了所有光采。

「魔力、魔力全都不見了，這、這座傳送門已經完全失效了呀！」

「該不會我們千里迢迢跑到這裡，就只是為了來送這扇破門最後一程吧？」米迦勒揪住了妖狐族的衣領厲聲質問，「說，到底是為什麼？」

「哇啊啊！」

妖狐族嚇得全身顫抖，結結巴巴地說出了令所有人都驚愕萬分的答案。

「不、不是我們的錯啊，是……是龍，是龍啊！」

「你們說什麼？」九尾激動地大喊，隨手拍了身邊最近的一張桌子。

「嗚哇，九尾小姐，請您不要這麼生氣啊！」韓宇庭像隻被驚嚇到的松鼠，整個人往後縮成了一團。

在桌旁的薩麥爾一句話也沒有說，默默把斷成兩半的桌子掃到一旁。

換不過氣來的九尾頹喪地坐到了椅子上，下意識地握緊拳頭，發出惱怒的呻吟，看得旁人擔心不已。

「所以說，是龍跑來襲擊了次元海關嗎？」

依舊保持沉著的德古拉替九尾把無法說出口的話給說完。

妖狐族族人惶恐地點了點頭。

原本按照九尾的指示，妖狐族關閉了傳送門，而且難得地過上了平時絕難想像的悠閒生活。

平日的忙碌轉眼間化成了一場過去的夢境，如今他們可以坐在海關的門口看著旭日轉換成夕陽，就這樣發呆一整天。

妖狐族人心裡全都默默地想著：「就這樣吃飯睡覺和呼吸的同時，薪水依然不停地轉進我的帳戶，果然在這個世界上除了爸爸媽媽以外，我最喜歡的就是九尾大人了！」

九尾就這樣在本人絲毫不覺中贏得了族人們的心。

過了幾天後，終於有人受不了閒到發慌的生活，提議：「我們來替次元海關打蠟吧！」不知道該做什麼打發時間的其他人紛紛贊成。

悲劇發生的那一天，妖狐族們提著蠟桶正準備前往大門，這時候門外突然反覆閃爍起了強烈的光線。半空中出現了個像門的圓圈，接著，有人從中走了出來。

「那個人，難、難道就是龍嗎？」聽到了正值關鍵的部分，韓宇庭不由得緊張地大喊了起來。比起知道妖狐族們遭受襲擊的情況，他更關心前來攻擊的是哪條龍。

「我、我們很快就被打倒了，所以並不清楚實際情形。」妖狐族歉疚萬分地回答。

「那你們怎麼能夠肯定來者是龍？」米迦勒瞇著細長的雙眼問道。

「那、那是後來才得知的，關於這個部分，還請您看一下影像資料。」

「影像資料？」

族長們睜大眼睛，妖狐族人點點頭，匆匆忙忙地操作起了儀器。

所謂的影像資料，其實就是是次元海關內的監視器紀錄。

與先前必須透過次天使族的轉述來想像巨龍襲擊時的畫面相比，這次他們終於可以親眼目睹龍的廬山真面目。

忽然從傳送門中大步走出來的人總共有三位，有男也有女。

左手邊是身材高大，相貌狂野的翼魔族男性，一頭鮮豔如火的紅髮，穿著粗獷的皮衣，袒胸露乳，大笑聲有若雷鳴。

右手邊是愁眉苦臉，拄著枴杖的綠鱗片男性蜥蜴人，身軀隱藏在寬大的罩袍之下，飛快地隨手一指，在場的所有妖狐族們瞬間就像泥塑石雕一般動彈不得。

而位在中間的，則是……

「鱗銀小姐！」

「是那頭該死的銀龍。」

韓宇庭和米迦勒，一者屏息驚愕，一者咬牙切齒，大喊聲迴盪在眾人觀看影像的小小房間。

龍鱗銀這次穿著的是羅馬式的長袍、罩衫以及涼鞋，挽了頭髮，顯現出與以往截然不同的風貌。

三人昂首闊步走出小型傳送門，完全沒有把呆立在現場的妖狐族人們看在眼內。

紅髮的翼魔族站到了門邊，困惑地佇立了一下，玻璃門自動地朝著兩旁打開。

「嗚啊，哈哈哈哈……」翼魔族大笑了起來，「這是什麼東西，人類製造的小玩意兒還真有趣！」

「沒有魔力，卻會自動打開的門嗎？」蜥蜴人敬佩地說道，「妳確定這真的不是某種我們所不知道的魔法？」

「世上沒有魔法是我們不知道的，卡普萊恩沼澤公爵。」

「哇哈哈，難怪妳寧可惹得紫晴大人生氣，也要偷偷溜到人類世界來玩啊，卡拉阿希特領主銀鱗。」

「哼！少說廢話了，炎之主埃圖奈斯山之王，趕緊辦正事吧！」

「用不著催我，這點簡單的任務，三兩下就能夠完成了。」

「我倒是希望不要太快結束，最好能夠讓我好好觀察一番。」蜥蜴人絮絮叨叨地說著。

銀鱗哼了一聲，走到牆邊，雙手用力朝著混凝土牆壁一插，接下來的那幕看得讓人眼珠子都快掉下來！那到底是怎麼樣的一雙金剛掌，竟然能夠直接破壞水泥牆，扯出藏在其中的電線。

嗶滋啪滋！被扯斷的電線就像噴火的大蛇般不停掙扎著，爆出閃耀的焰華，火花四濺，但是這足以將凡人烤成焦炭的強大電流卻連在銀髮女子身上造成一點最輕微的燒傷也辦不到，只見銀髮女子若無其事，而電蛇終究無力地屈服。

供電系統一旦遭到了破壞，整間次元海關就在瞬間全部黯淡了下來。

「哦哦？」蜥蜴人抬頭往上望，「怎麼突然變暗又變熱了？」

他的話還沒有說完，前方便傳來一陣妖狐族氣急敗壞的大喊，急促的腳步聲就像隆隆的擂鼓，十萬火急地逼近。

「大家注意，有入侵者！」

「是誰敢闖入妖狐族的地盤？把他們通通抓起來！」

從走道深處衝出來的妖狐族們，個個咬牙切齒，恨不得把對手殺之而後快，可是這三名入侵者看起來非但一點也不緊張，反而一副好整以暇的模樣。

「有意思，現在是前菜來了嗎？哇哈哈哈哈！」

翼魔族男子邁開大步，赤手空拳地迎上拿著武器衝過來的妖狐族護衛們。

「哎呀，哎呀！」蜥蜴人男性搖了搖頭，「這傢伙又控制不了好戰的衝動。我說赤牙啊，對於這些弱小的種族們，可別做得太過火了呀！」然後無奈地跟著往前進。

在此同時，銀髮女子做出了一個令人意想不到的舉動。

本該發足前進的她抬起頭來，直視著天花板上的監視器，可以清楚地看見她朝著鏡頭笑了一笑，然後才回頭跟上同伴們的腳步。

「這是在幹什麼？」

米迦勒指著電視螢幕，道出眾人心中的疑惑，無論怎麼看，都會覺得銀髮女子突兀的行為著實費解。

「她這舉動……難道不是在向我們暗示嗎？」

「咦，你說這話是什麼意思，德古拉？」

「話說回來我也很納悶，畫面上她不是扯斷了電線嗎，那為什麼監視器依然可以正常運作？」

「這個，我們也不知道為什麼，九尾大人。我們海關的監視器其實並沒有使用額外的電源。」妖狐族人急急忙忙地解釋。

「雖然不知道她用的是什麼魔法，可是有一點是毫無疑問的，銀龍希望我們看到這些影像。」九尾指著他們離去的背影，仔細推敲。「看起來另外兩隻龍對於人類世界的科技並不熟悉，也許他們根本不知道銀龍為我們留下了這些紀錄。」

「目前下定論為時太早，還是先繼續看下去吧。」

「同意，德古拉大人。」

不知道為什麼，整個次元海關似乎只有在他們一路上經過的地方，監視器才能夠正常運作。人數僅僅三名的入侵者們使眾人見識到的，是讓人膽寒的恐怖威力。

勢如破竹……不對，說起來應該是斬瓜切菜，又不對，動用了妖狐族們最精銳的大法師跟戰士，最嚴密、最慎重的防禦系統，在這些入侵者眼裡看來簡直就像是豆腐渣，一點效果也沒有。

「弱小！弱小！弱小！哇哈哈哈哈！」

嚴格說起來，就只有翼魔族男子一個人在對付接踵而來的妖狐族警衛而已。他一面狂笑，一面邁開腳步前進，前方的敵人一個接一個發出「呃啊」的慘叫聲然後被按到了牆壁裡，場面看起來非常地滑稽。

三名入侵者輕而易舉地便來到了傳送門的房間，也就是此刻韓宇庭他們所在的位置。

「啊，我們到了。」翼魔族男子抬頭打量高大的傳送門。

畫面中的傳送門上，閃耀明亮的魔光依然清晰可見，和如今韓宇庭他們所看見的大型圓環廢鐵不可相提並論。照理說這處房間應該是妖狐族看守最嚴密的處所，但如今並不是，就在三人踏進來的一瞬間，銀鱗玉手輕揚，所有人紛紛口吐白沫，仰躺倒下。

「一個個收拾起來太麻煩了，所以我用了一點點龍威。」銀髮女子輕描淡寫地說道。

「我們趕快收集好魔力然後回去吧！」

綠鱗蜥蜴人說著，把枴杖朝著地上用力一插，三人同時伸出手掌，口中喃喃念起了無人能懂的高深咒語，魔力的光芒從鐵環上慢慢地流向他們的掌心，不消片刻，傳送門便整個黯淡了下來。

「這樣子就算大功告成了。」銀鱗把匯集在一塊兒的魔力捏成細小的形狀，輕巧地收進口袋，看起來鬆了一口氣。

「真是麻煩啊，要破除封印，卻偏偏不能使用龍族本身的魔力，否則只要一條龍就可以解決，也不必四處奔波。」翼魔族男子咂了咂嘴說道。

「你就少說幾句吧，當初你破除封印的時候，上代們也沒有抱怨過。」

蜥蜴人男子走上臺階，感嘆著撫摸冰冷的圓環。

「說起來還真是令人感慨，被我們奪去所有魔力以後，這扇傳送門就註定只能成為一塊普通的廢鐵。」

「你還是老樣子喜歡傷春悲秋呢，卡普萊恩沼澤公爵，這塊廢鐵的年代讓你想起許久之前的事情了嗎？」

「那是因為我不像你沉睡了這麼多年啊，炎之主。」

翼魔族男子抱起雙臂，側頭露出狂野不羈的笑容，「就算你沒有陷入沉睡，還不是一樣會龜縮在你那泥濘不堪的沼澤？咱們就別五十步笑百步啦！」

「選擇閉門不出是我的自由啊。」蜥蜴人不快地說道。

「九龍之間沒有權力干涉彼此的生活方式，所以你們也不要再鬥嘴了，這麼低級的內容，淨是拉低我們的格調，讓人瞧見了肯定會被恥笑。」

「哈！妳別說笑了，這裡怎麼可能還會有人有辦法看著我們呢，卡拉阿希特領主？」翼魔族男子抬手環示著一干七零八落地躺在地上的妖狐族衛兵，笑著搖了搖頭。

「這可不一定哪！」

銀髮女子神祕地揚起嘴角，眼角餘光又瞟向設置在房間角落，任何人都沒有注意到的監視器。

「儘管智慧種族們機關算盡，累積聚集了如此大量的魔力，以為可以永遠保住它們，然而他們沒料到這些力量終有一天得要返還給龍族。」

「幾千年下來，這些下等種族一點長進也沒有，還是不停地在製造我們的麻煩。要不是紫晴大人的吩咐，我才不願意大老遠地跑過來呢！」

「我可不想承受觸怒紫晴大人的後果，她可以讓我幾百年耳根都不能清靜啊！」蜥蜴人苦惱地說道。

「哈哈哈，卡拉阿希特領主，這點妳一定感觸最為深刻吧？」

「哼，少取笑我了。」銀髮女子別過頭去，一臉不堪。

「好了，總之我們的任務已經結束。至於破壞了大地之上魔力自然流動的循環，反而使得世界變得貧瘠的苦果，就讓他們自己承擔吧！」蜥蜴人就像在向一位老朋友告別般地輕輕敲了敲鐵環，愛憐地說道，「辛苦了，你的任務也已經結束，即使做為一塊廢鐵也好，就此靜靜地過完剩下的日子吧！」

「你說的沒錯，卡普萊恩沼澤公爵。」銀髮女子負手在背後，意味深長地點頭說著，「但是他們要面對的問題可不只這些。失去了這扇傳送門，留在這個世界的智慧種族們，要如何才能回到魔法世界呢？」

「除非有另一個連接魔法世界的通道，否則他們永遠也回不去。」

「是啊！除非有另一扇傳送門。但是如果不是龍族的話，他們是沒辦法打開的。」銀髮女子淺笑著說道。

就在這時，眾人看見了倍感驚異的事情。

「剛剛那是……」

「馬上倒轉回去，再次確認！」

德古拉、米迦勒……四名族長此起彼落地發出急促的高喊，負責操作機器的妖狐族嚇得趕緊照辦。

鏡頭倒轉回數秒之前，抬起頭來直視著監視器鏡頭的銀髮女子，其動作似乎沒有被其他人察覺。未曾說出口的話語，然而藉著明顯易懂的唇型，還是能看出銀髮女子正無聲地朝著他們說出一句話。

「能解讀嗎，九尾？」

「可以，她說的是——知道該怎麼辦了嗎，這下就看你的囉！韓宇庭。」

隨著自九尾口中所吐出來的話語，眾人的頭與視線也迅速轉轉向。站在人群最後方的韓宇庭被視線刺得渾身疼痛，驚愕得說不出話來。

「那是什麼意思？」

米迦勒的疑問得不到任何回答，既是無人回應，也是無法回應。

螢幕上的影像繼續播放。

「不管怎麼說，我們都沒必要替智慧種族們擔心。」蜥蜴人伸手在前方的空中張開了一扇綠色的小門，「耽擱太久了，我們回去吧。」

三人陸續走進門裡，傳送門發出了一陣眩目的光亮，然後就在半空中化為一陣輕煙消失了。

影像紀錄到此結束，但是靜默與不安上下夾攻而來，空氣中凝聚著教人幾欲窒息的沉悶，上族族長們

個個咬緊嘴唇不發一語。

九尾衝上臺階，花了好長的一段時間，面色凝重地緊盯著毫無光彩的傳送門圓環，檢查再檢查。

「怎麼樣，可以修復嗎？」

妖狐族族長搖了搖頭。

「說起來，這扇傳送門本來就是龍代時期留下來的產物，並不是妖狐族製造的，我們所握有的也僅僅是操作管理的知識而已。所謂的暫時關閉傳送門，其實是將其上的魔力運轉量降到最低，但是龍卻是把傳送門上的魔力一點也不剩地吸走了。」

「喂喂！這可不是能等閒視之的事情呀！」米迦勒臉色大變，「一定得快點想出辦法。」

即使是先前聽到族人遭受襲擊時，他也沒有表現出像現在這般劇烈的反應，讓韓宇庭覺得十分錯愕。

他怯生生地望向身旁的薩麥爾，始終沉著穩重的翼魔族勇士，現在也是一臉的焦慮與徬徨。

「薩麥爾先生，請問……沒了傳送門，是不是就代表我們沒有辦法回去了呢？」

「沒有錯，而且不只如此，傳送門是聯繫兩個世界之間唯一的通道，所以說魔法世界那裡的夥伴們也沒有辦法過來了。」

薩麥爾的回答，使得驚覺事態嚴重的韓宇庭倒抽了一口氣。

「這可……怎麼辦才好？」

「不管花費多少代價，都一定要讓傳送門恢復運轉。」每當這種時候，最快做出決斷的總是德古拉，「如果將我們手邊所有的魔力灌注進去又如何呢？」

「不可能的，器具的本質已經改變。就像他們所說，現在這扇門等同是一塊廢鐵。」

九尾的一句話使得在場眾人的一絲希望曙光又再度熄滅。

「問韓宇庭！」米迦勒這時用力地指著韓宇庭，語氣相當急促，「剛才龍那句無聲的話不就是對著他說的嗎？他一定知道答案。」

「我、我不知道呀。」韓宇庭後退了幾步，拚命搖頭，「我、我也從來沒預料到會發生這件事。」

「米迦勒，你就不要再逼迫他了。」九尾皺眉說道，「看起來韓宇庭也是跟我們一樣意外，就算你再怎麼咄咄逼人也是沒有用的。」

「但是，線索一定就在你身上。」德古拉沉聲問道，「怎麼樣，你有沒有什麼想法？」

四面八方齊聚過來的壓力逼得韓宇庭不得不費力思考，但是最終仍一無所獲，只好無奈地搖了搖頭。

看見這幅情景，族長們不約而同地露出了喪氣的表情，和平時大相逕庭。

晚上，韓宇庭來到了次元海關旁設置的休息所，這裡是妖狐族們提供給貴賓暫住的房間，具有五星級飯店的水準。龍的攻擊行動雖然把主體建築搞得天翻地覆，但是並沒有波及旁邊的附設設施，也許是因為

他們的目的本來就不是要摧毀整座次元海關吧！

在這之前，他已經先在底下的餐廳裡用過了晚餐。

地中海式的美食一盤又一盤地端至他們眼前，然而席間的所有人都是一副食不下嚥的模樣，機械式地把食物塞進嘴裡。

「韓宇庭，這裡沒你的事了，你先上樓去休息吧。」晚餐過後，德古拉將韓宇庭召到了跟前。

「可、可是，德古拉先生……」

韓宇庭想要開口，卻被吸血鬼族長揮手打斷。

「我知道你想說什麼，但如果你能夠仔細回想那頭銀龍究竟給了你什麼樣的暗示，我會更加感激。就算沒有也不打緊，今天晚上，我們就會商議出適合的對策，你放心吧。」

然而說出這番話來的吸血鬼族長反而更像需要得到鼓勵。四位族長顯露出來的氣氛並不像是能輕易找出解決方法的樣子，即使是旁人也看得出來他們嚴重缺乏信心。

但是不管怎麼說，正如德古拉所暗示的，韓宇庭在這種會議裡頭，並沒有出場的餘地。

「唉……」

當然啦，他自己也明白到這一點，才會在回房間的期間內不停嘆氣。

他只是被當作是與龍見面時的親善大使才被帶到這裡來。

雖然說如果按照現在的情況來看，搞不好與龍見面這件事都要變成空想了。

「總覺得好無力……」

魔法世界正遭受到莫大的危機，可是自己除了在一旁乾瞪眼之外，什麼也做不了。

倍感失望以及不安的韓宇庭，草草地把行李扔到牆邊，走到床邊坐了下來。

房間裡擺放著潔白乾淨的床鋪、一組黑色的木頭桌椅，桌子上還放著水果盤，甚至還有紅酒。擺設雖然豪華，但是他無心享受。

凝視著天花板上白晃晃的燈光，把手枕在後腦，他仔細思索如今已知的一切情報，試圖把每個殘破的段落連在一起。

「紫睛女士帶走了龍同學，回到魔法世界，隔了很久仍未回來。接著龍族出現，搶奪上族儲存起來的魔力……他們為什麼要這麼做呢？」

即使絞盡腦汁，答案也不會說跑出來就跑出來，韓宇庭本就不擅長思考，現在腦袋更是亂成一團。

他踢掉鞋子，索性整個人直接翻到了床上。

「現在，他們又破壞了連接兩個世界的唯一一扇傳送門……哇啊！我越來越搞不懂龍族究竟在想些什麼了。」

龍族本來就是神神祕祕、反覆不定的種族，每每與他們對話的時候，都會覺得他們簡直就像是謎團的集合體。還有，龍鱗銀在影像紀錄間不停表現出來的反常模樣，也一直教韓宇庭很在意。

尤其是那最後一句話——知道該怎麼辦了吧？接下來就看你的囉！

對不起啊，我完全不知道啊！

他暴躁地搥了一下枕頭。

鱗銀小姐究竟是想要告訴我些什麼？

「可惡，她平時就是那副神祕兮兮的模樣，誰知道到底是真的有祕密想對我說還是故意耍人啊？」

想來想去，思緒卻老是被莫名的迷霧干擾，正當韓宇庭感覺全身都快要冒出火來時，放在桌上的手機忽然鈴聲大作。

「耶？這麼晚了，會是誰打電話來？」

而且他可是身在距離家園好幾千公里遠的南歐，國際漫遊很貴的！

「喂喂，請問是誰？」

「接通啦，接通啦！哇啊啊啊啊，太難得了。各位請看，這就是科技的力量啊，很神奇吧？」

「停，停！不要在我耳邊大吼大叫啦，死砲灰。」

真是的，只不過是接通了電話，有什麼值得高興成這樣的？

韓宇庭雖然抱怨，但在聽見砲灰聲音的同時，心中所有的煩悶不知不覺地消失了，還升起一股小小的喜悅。

「怎麼會是你呀，砲灰？」

「點一下視訊通話啊，韓宇庭，我們看不見你。」

「噢、噢！好，我找一下……等等，你說『我們』？」

這、這麼說來，還有其他人嗎？

他手忙腳亂地找到了手機上的攝影機開關，打開來的瞬間，螢幕上面浮現了模糊的影像，隨即擴展，然後他便看見了電話那頭佇立著的四位好友的身影。

「伊莉莎白同學，還有米娜同學？」

「伊莉莎白小姐借了房間給我們唷，她的房間好厲害呀，有整整一面牆都是巨大的液晶螢幕，把你的影像變得超級清晰。」砲灰連珠砲般地拚命說道。

「唔，謝謝妳呀，伊莉莎白同學。」

「沒、沒什麼好謝的啦，一點小事不足掛齒。話說回來，本姑娘可不是因為擔心你和那條龍喔，只不過是怕你這個傢伙在國外走丟了而已。」

金髮吸血鬼手抱著胸微微撇過了頭，韓宇庭忍不住噗哧一笑。

而接下來畫面另一邊，有人表情辛辣地抬起了下巴。

「雅心？」

「唷、唷！原來你還記得我的名字呀，我還以為你跑到了遙遠的異國去玩得不亦樂乎，然後就把還在家鄉的朋友給忘得一乾二淨了呢！」

「嗚！才、才不會忘記你們呢，雅心，而且我也是今天才剛下飛機而已。」

「開玩笑的啦！不過我們也沒想到電話居然能夠接通。這麼說來你們還沒有通過次元海關嗎？」

「呃……關於那件事……」

韓宇庭把事發的經過一五一十地告訴了另一端的朋友們。

「……所以說，追尋龍同學線索的唯一一條路徑就這樣斷掉了。」

「想不到竟然發生了這種事……」

聽完了這個消息之後，大家全都露出了不可置信的表情。

「這件事情肯定會引起軒然大波吧！照這樣子說來，不只是你們沒辦法過去，魔法世界的人也沒辦法再過來了？」

「是啊……」

「咦，那麼還留在魔法世界的族人們該怎麼辦？」

作為還有族人身處傳送門另一側的智慧種族，伊莉莎白及米娜聽到了消息以後面容更顯擔憂。

「我也不清楚。德古拉大人說他們會想出解決的辦法。」

「父親大人說要想辦法？」

「可不能抱太大的期望啊，韓宇庭，智慧種族既不是龍，也不是神，沒有辦法做到的事就是沒有辦法。如果連最聰明的九尾都束手無策，就算他們想破頭也沒有用。」米娜憂慮地搖搖頭。

「嗯……對不起，伊莉莎白同學，米娜同學。」

「你道什麼歉？這又不是你的錯。」伊莉莎白雖然想要強忍不耐，卻仍舊自語氣中不小心洩漏出了內心的煩躁，「話說回來，事情又還沒有完全絕望，不是嗎？」

「咦？」

「本姑娘是說那條銀龍啊！她不是給了你什麼暗示嗎？」

「欸，話是這麼說……可是，我真的想不起來啊！」

「韓宇庭！」伊莉莎白氣勢洶洶地低吼道，「你的腦袋是水泥做的啊？」

「當、當然不是。」

「那麼就好好給我回想銀龍和你之間發生過什麼事情。」

「遵、遵命，伊莉莎白大人。」

「為了幫助韓宇庭正確回想，不如我們現在輪流向他提一些關鍵字吧！」米娜提議道。

「這個主意好！韓宇庭，你趕快努力想究竟跟龍發生過什麼事情……哎唷，這話聽起來好曖昧耶！」

砲灰說完露出了賊頭賊腦的笑容，黎雅心受不了地一把推開他。

「我們現在在辦正事，你不要吵！喂，韓宇庭，第一個讓我來！」她自告奮勇地站到前面。

「首先，寶物？」

「沒有。不如說，麻煩倒是很多。」

「魔法？」米娜接口問道。

「打倒吸血鬼的辦法算嗎？」

「當然不算。」伊莉莎白不高興地說道，「附帶一提，別想用那種辦法對付本姑娘，因為本姑娘不會像父親大人一樣向對手使用魅惑術。如果要屈服敵人的意志的話，本姑娘會選擇用這雙鐵拳！」

「知道了。」韓宇庭不由得瑟縮了一下，「那就是沒有。」

「嘖！」伊莉莎白不甘心地彈了彈舌頭，「祕密。」

「……如果我知道的話，也就用不著問你們了。」

金髮吸血鬼懊惱地對空氣揮了一拳，三個人都問錯了方向，結果誰也無法正確勾起韓宇庭的回憶。她們坐在柔軟的沙發椅上，各自露出了變化多端的豐富表情，努力思索下一輪應該問怎麼樣的題目。

「好像很好玩的樣子。下一個換我、換我！」砲灰看上去躍躍欲試。

眾人紛紛斜過頭覷了砲灰一眼。

「啊啊，好吧，那麼你就問吧！」米娜的語氣聽起來似乎根本不抱任何期待。

砲灰裝出一副認真思索的樣子，清了清喉嚨開口。

「裸體。」

「你、你在問什麼東西呀！」

砲灰的一句話頓時令所有人雞飛狗跳。

韓宇庭好像臉上直接挨了一拳，慌慌張張地倒退了數步。米娜與伊莉莎白把正在喝的水一口氣噴了出來，黎雅心則是尖叫著跳了起來，一拳朝著砲灰的腦袋敲了下去。

「你、你、你講話都不經過大腦的嗎？別在那裡胡說八道啊！」

「哇啊！」砲灰被打得眼冒金星，轉了一圈跌倒在地，一面抱頭一面不停地嚷嚷：「我沒有胡說啊！我可是很認真的耶！」

「那你說說看依據是什麼啊？」

「電影裡頭不是很常見的嗎？女主角把男主角帶進她的房間，背對著男主角脫下衣服，背上有一些祕密刺青什麼的……我想說是不是也有這種可能性嘛！」

「韓、韓宇庭，難道你真的想到了什麼嗎？」米娜惴惴不安地望著韓宇庭。

「才、才不可能呢！」

「就是說嘛，才沒有這種可能性呢！」黎雅心呵叱道，「我看你是漫畫小說看太多，腦袋燒壞了吧！」

「那、那種香豔刺激的劇情，現實生活中是不可能發生的啦！」韓宇庭哭笑不得地說，「先別管裸……裸體了，再怎麼說，每次鱗銀小姐帶我進她的房間時……的房間時……咦？」

「夠了，接下來換我來問吧，韓宇庭，我說……」

「就是那個！」

「耶？怎麼了？」

黎雅心被韓宇庭突來的大喊聲嚇了一大跳。

「就是那個！」韓宇庭急切地大喊，「鱗銀小姐想要告訴我的關鍵訊息。」

「裸體？」

「不、不是啦！」他的臉通紅了起來，「怎麼可能會是那種關鍵字，答案是『房間』啦！」

「房間？」眾人瞪圓了眼睛，異口同聲。

五、魔法世界之門

「不不不，怎麼可能會是那個樣子呢？」

「就是說啊，太異想天開了，一點可信度也沒有。」

伊莉莎白與黎雅心用力地搖著頭。不管聽了幾次，對於韓宇庭所闡述的那件事情，兩人都難以置信。

「咦，妳們不相信韓宇庭嗎？我倒是覺得他說得很有可能哩！」

「閉嘴，砲灰，別忘了我們的腦袋構造可不一樣。」

「是因為我是人類，而妳們是智慧種族嗎？」

「對的，因為我們就是比較有智慧的種族。好了，我沒心情跟你在這邊瞎扯淡，現在給你一個任務，去那裡的牆邊站好。」

韓宇庭看著螢幕那頭的黎雅心與砲灰東拉西扯，微微露出一絲苦笑。

「總之，這恐怕是唯一的可能了。大家不能用人類的常理來看待鱗銀小姐，她雖然是那副模樣，可是畢竟也還是一條龍啊！」

「這……」

伊莉莎白和黎雅心雙雙互望了一眼，然後像是妥協般地攤了攤手。

「好吧，韓宇庭，你成功說服本姑娘了。不過話先說在前頭，本姑娘可不是覺得你的推測是正確的，只不過為了幫助族人，這次就先姑且相信你。」

「你要我們怎麼做？」黎雅心問道。

「如果可以的話，最好先去調查看看，驗證我的猜測是否正確。」

「事不宜遲，我現在就去準備車子。」米娜說完便迅速地走出房間。

「總而言之，拜託妳們了。」

「韓宇庭，那麼你呢？」

韓宇庭愕然地眨了眨眼。

「我？」愣了片刻，他迅速做出了回答：「我要去找族長把這個發現告訴他們。可以的話，我想要盡快回雲景市。」

「不錯。」伊莉莎白點了點頭，「父親大人他們現在一定很著急吧。」

「是說……你這樣子奔波會不會很辛苦呀？」

「唉，我只想早一點搞定這件事，雅心。現在已經不只是我一個人的問題了，如果傳送門無法再度開啟，受影響的將會是整個魔法世界。」

「就算是這樣，可是你……唔，算了，你自己小心吧。」

「會辛苦的話要說啊，你姑且也算是我的朋友，有什麼需要的話就儘管開口。」

「我會的，謝謝妳們。」

好友們的關懷傳達給了韓宇庭，心頭暖暖的，有了繼續向前的力量。

「那就先這樣，晚點再聯繫吧！」

於是他們就這樣結束了視訊會談。

「既然如此，我也該把握時間了。」

韓宇庭自言自語地說著，急促地抓起小背包打算出門。

「嗚哇！」

打開門的同時，卻差點和一個人迎面對撞。

「德古拉大人？」

「嗯咳，韓宇庭。」德古拉像是想要掩飾唐突般地輕咳了幾聲，「你還沒睡呀？」

「還沒有。德古拉大人這麼晚了找我有什麼事嗎？」

「唔……這個嘛，其實也沒什麼事，只是想告訴你，剛才的會議總算達成了共識。」

德古拉的語氣聽起來有一絲些微的感慨，可想而知，會議上一定經過了一番激烈的討論。

「雖然預備拿來供給傳送門運作的魔力主要存放在魔法世界，但上族在人類世界這裡仍然有一些儲量。我們將會傾注目前所能利用的一切，試試看能不能再讓它恢復運作。」

「那個……德古拉先生，請問我們能不能越早越好，盡快回到雲景市？」

「咦，怎麼了，難道你已經對這趟旅程感到厭倦了嗎？」

「不是的，德古拉先生，是因為我已經想到銀龍所暗示的祕密了。咦？」

德古拉在最後一刻把歡呼硬生生地吞了下去。

——好險沒有失態。

他一邊如此慶幸著，一邊輕咳了幾聲，假裝沒看見韓宇庭奇怪的眼神。

「嗯，這件事，當然可以啊！我去跟其他族長們談一談，最快明天就能出發。不過在此之前，你能告訴我你發現了什麼嗎？」

「嗯……或許要等留在雲景市那邊的朋友們傳回消息才會明瞭，但是我認為這是最有可能的線索。」

「若真是這樣那就太好了。回去的事情你不必擔心，趁早去休息吧！」

「謝謝您，德古拉先生。」

德古點了點頭，轉身離去。

韓宇庭回到了房間，因為事情看起來進行得十分順利，使得他的心情一下子放鬆下來。倦意襲來的同時，他不得不把自己投向了床鋪的懷抱。

兩日後，數輛嶄新豪華的黑頭轎車駛到龍鱗銀他們曾經的住所前，一字排開，景色十分壯觀。

此刻從車上下來的這一行人，看上去像是前來勘探的房地產投資客，但是誰也料想不到，他們所肩負的乃是關係兩大世界命運的重責大任。

四名上族族長，各自代表著吸血鬼、次天使、翼魔以及妖狐，四種在全世界各處政經領域中呼風喚雨的智慧種族，還帶來了最精銳的手下。

這看起來非常嚇人的陣仗，裡頭卻包含著一名看似平凡普通的高中生。

這名高中生當然就是韓宇庭。

「各位，我們到了。」

「沒想到龍在人類世界時就是住在這種地方。」

抬頭仰望著屋齡約二十年的獨棟式洋房住宅，米迦勒、薩麥爾、九尾俱是覺得非常不可思議。

「想像不到啊……」

薩麥爾率直地說出了感想，這也難怪，因為眼前這棟建築物不管怎麼看，給人的感覺應該是住著一戶簡單樸素的家庭，而不是三頭全世界最強大、最可怕的生物——龍。

「欸，就算是我在南美小島的避暑別墅，光是僕人們起居的員工宿舍也比這間大了三倍有吧？」米迦勒搖了搖頭。

其他族長們平時過的生活也是差不多的水準，因此感同身受。

「別這麼說嘛，其實這裡的環境跟生活機能也挺不錯的啊！」

韓宇庭支支吾吾地試著幫忙緩頰，因為再怎麼說他家也住在這裡，被這麼批評總有點介意。

「好了，反正我們也不是來這裡看房子的。韓宇庭，你就別賣關子了，龍的屋子裡頭究竟有什麼祕密？」

韓宇庭點了點頭，正打算帶著族長們繼續往前進，隔壁的房屋中卻突然走出來了一個人。韓宇庭當場愣了一下。

「咦，宇庭？」

座落在隔壁的房子，指的當然是韓宇庭的家，而會從他家裡走出來的，當然也就是韓宇庭的媽媽了。

「你這孩子，不是跟我說要出門旅行？難道你指的就是跑到自己家隔壁嗎？」

「呃……媽媽……」

看見韓宇庭跟著來歷不明的智慧種族們混在一起，而且還是浩浩蕩蕩的一群人，韓媽媽的驚訝並不亞於自己的兒子。

「宇庭，你身旁這一大群人是誰呀？」她狐疑地問道。

「您好，我們是韓宇庭的朋友。」九尾趕緊機伶地上前問候。

「哦，原來是韓宇庭的朋友。我這個兒子最喜歡跟智慧種族打交道，不過說也奇怪，你們看起來不像是會和高中生往來的人物啊！」

「這個嘛……四海之內皆兄弟嘛，您說是不是？」

「原來是這樣啊！哎呀，那我非得要好好招待各位不可了，雖然是粗茶淡飯，但也應該讓我們略盡地主之誼。來來來，請進來坐坐！」

韓媽媽非常熱情地招呼，可是族長們的表情卻皺了起來。

「我們現在沒這個空閒時間，韓宇庭，能不能想辦法應付你的母親？」

面對德古拉的要求，韓宇庭面有難色。

「可是……」天底下的每個兒子都拿自己好客的媽媽束手無策。

此時，九尾咬了咬牙。

「沒辦法了，總得要有人犧牲。」

只見妖狐族長陡然之間目露凶光，把韓宇庭嚇得寒毛直豎。

「慢著，您要對我媽媽幹麻？」

九尾伸手一推，把米迦勒給推了出去。

「喂，妳！」

「你們怎麼了，為什麼不進來呢……咦？」正在自家門口前納悶不已的韓媽媽，頓時被金髮碧眼的次天使吸引住了視線。

「這、這不是大明星米迦勒嗎？」

「咦？」

韓宇庭和米迦勒異口同聲地發出錯愕的聲音。

「妳、妳認識我？」

媽媽認識他？

「沒想到真的是米迦勒本人，哇！我是你的超級影迷。天啊，我真是太興奮了！」

「噢、噢，真是謝謝妳啊！」

米迦勒手足無措，完全沒有大明星從容的風采，不過興奮得兩眼發直的韓媽媽根本就沒有顧慮到這一些。

「不瞞妳說，女士，我現在很忙，如果想和我見面，妳不妨先連絡我的助理，我……」

「我可以請你簽名嗎？」

「簽名？當然沒問題！」

可憐的米迦勒，似乎完全敵不過當明星時養成的習慣，自然而然地接起筆來就開始簽名。

「快，不要讓米迦勒的犧牲白費，我們快點走！」九尾狠下心來推著同伴們的背後，一行人匆匆忙忙地衝進了龍家的庭院。

庭院內雜草叢生，顯然已經好一陣子沒有打理了。以往龍翼藍在假日時最喜歡修剪庭院裡的植物，回憶起這節片段，不禁令韓宇庭感到格外感慨。

「對了，韓宇庭，剛才你在大門口幹麻忽然停下腳步。」

「呃……沒什麼，只是有點不安。話說回來，我們這樣不算私闖民宅嗎？」

「事到如今你還在糾結這種事情？世界都快毀滅啦！」九尾朝著外門伸手一指，「你瞧，反正那扇門不是也沒有鎖嗎？」

韓宇庭點了點頭，然而忐忑的心情仍舊揮之不去。真是奇怪，以前來龍家串門子的時候，一點也不覺得有什麼不妥，甚至心中還隱約有些期待，可是為何如今卻浮現出這種心情呢？

「喂，他們來了。」話語聲從庭院深處響起。

這裡還有其他人在？聽見聲音的瞬間，德古拉等眾人立時提高警覺，但只有韓宇庭反而露出了放鬆的微笑。

「在這裡！」

他揮一揮手，緊接著，砲灰從庭內繁茂的草木之間現身。

「咦？」

跟在他後頭接著出現的是黎雅心、伊莉莎白以及米娜。

「這些人是誰……女兒，妳怎麼也在這裡？」德古拉神色茫然，顯得大出意料。

「這……我事先請他們過來，調查這裡是不是如我所預料地藏有鱗銀小姐留的線索。」韓宇庭解釋道。

「本姑娘可是一接到你的請求，就立刻著手進行準備了喔！」

「韓宇庭你猜得很準，確實有可疑的線索喔！」

黎雅心說完張開了掌心，露出原本緊握在手裡的東西。

那是一副鑰匙。

「這是在哪裡找到的？」

「信箱裡頭。另外還有一個要給你的東西。」

「咦？」

韓宇庭伸手接過了她遞過來的一張黑紙。

「這是什麼？」

「不曉得。」黎雅心聳了聳肩，「信封裡頭有一張薄紙，只說明要把這張紙交到你的手中。」

韓宇庭反覆觀看，甚至拿起來對著天空中的太陽，然而這除了只是一張略微透光的黑紙以外，並沒有任何特別之處。不明就裡的他只好先把它收起來，專注於鑰匙上。

「我們已經試過了，確實是這棟房屋的鑰匙。」米娜比了比背後的房屋說道，「裡頭也稍微調查過了。」

「結果如何呢？」

「嗯……大部分都是一般的房間，只有一扇門是上鎖的。」米娜強調道，「而且是魔法的鎖。」

韓宇庭和其他族長們對望了一眼，互相點了點頭。

「我們進去看看吧！」

「這裡頭真黑呀！」

「因為人都搬走了，所以被切斷了供電吧！大家小心走。」

一行人魚貫地走進了屋內，狹小的空間要一下子容納這麼多人馬，頓時顯得擁擠不堪。

而放眼望去，屋子裡絲毫沒有任何值得一提的地方，從裡到外都只是一棟再普通不過了的房子。

「話說回來，裡面的擺設也滿讓我訝異的。」九尾指了指房屋內部各處的裝潢擺設，「雖然都是名貴的品牌，可是這樣子四處亂擺，實在看不出主人的品味。」

韓宇庭「哈哈」地苦笑了兩下。不知道龍鱗銀聽到這評語會不會大發雷霆？

不久之後，他們便聚集到一樓唯一的一間寢室，那就是龍鱗銀的房間之外。

「砲灰，你說你們整棟房屋都調查過了嗎？」

「是啊，包含羽黑的臥室。是說啊，韓宇庭，這下子就再也不是只有你一個人進去過囉！」

「喔。」

「滋味感覺如何？」

「沒有什麼特別的。」

才不，他的心裡頭不知為何覺得有點微酸。

「所以你承認自己進去過了嗎？」

「咦？原、原來你問這件事是想釣我的魚嗎？臭砲灰！」

韓宇庭生氣地想踩砲灰一腳，但是卻被他嘻笑著躲過。

「你們不要再鬧了。」德古拉嚴肅地制止了兩人，看向眼前平淡無奇的房間門。吸血鬼族長試著去開、去推，但是木門紋風不動，「這扇門雖然沒有上鎖，但卻附帶了強力的封印魔法。」

「是的，只有這扇門，我們無論如何也打不開。」伊莉莎白回應道。

「這扇門上有著一道複雜的魔法，就連族長也會感到棘手，以妳的功力當然無法處理。九尾，妳看如何？」

「雖然不是無法破解，但要花上不少時間。我想應該有比強行破解更好的辦法。」

「我也這麼想。」，德古拉望向韓宇庭，「打開這扇門的關鍵一定就在你的身上，韓宇庭，上去試試看吧！」

「好、好的。」

韓宇庭吞了吞口水，走到門把前方。

就在這時，米迦勒好不容易擺脫了韓媽媽的糾纏，趕上了隊伍，一來就狼狽地叫道：「累死我了，狂熱的女粉絲實在太難應付了！九尾，晚點一定要好好跟妳算這筆賬……咦，你們現在在幹什麼？」

「噓，安靜一點，米迦勒，準備好要進入銀龍的房間了。」

韓宇庭輕輕握住門把，完全沒有感受到任何抗拒的力量，房門就這樣簡單地打開了。

「果然關鍵是在韓宇庭的身上，等等，這是……？」

門一打開之後，一股可怕的吸力頓時產生，將措手不及的眾人全部吸了進去。

「哇啊啊啊啊啊啊！」

迎接著他們的是一場長達數秒鐘之久的急速墜落。

吸血鬼、妖狐、次天使、翼魔……其他智慧種族還有人類，大家的驚叫聲宛如一場尖叫的交響曲，交織在漆黑的房間裡頭。

墜落倏然停止，眾人停在距離地面只有僅僅數十公分的距離，膽顫心驚。

「太可怕啦，差、差一點就要摔成肉餅了。」

「就、就是說啊，這種事情，不管經驗過多少次都還是很恐怖啊！」

仔細觀察，每個人的下方都有著一股強大的風承載著他們，接著輕輕落地。

「這……這就是銀龍的房間嗎？」

環視著猶如一座足球場般寬廣的龍穴，每個人心底都發出了感嘆。

「明明其他兩個人的房間都挺普通的，為什麼只有這裡……呼、呼……這麼大？」

「伊莉莎白同學，妳還沒從驚嚇中恢復過來嗎？」

「才、才沒有呢！你、你說誰被嚇到了啊？本、本姑娘一點也不覺得恐怖！」

「是這樣嗎，但是我看妳的臉色好蒼白喔。」

「咦、咦？哪、哪有這回事……咦，不、不對吧！我們吸血鬼的臉色本來就是白色的啊！」

「原來是這樣啊……我還以為妳是被嚇到失去血色的哩，剛剛掉下來的時候，妳叫得好大聲喔！」

「嘩！」

猛然跳得老高的伊莉莎白憤怒地轉過身。

「臭砲灰，你居然敢取笑我，給我過來，本、本姑娘要宰了你！」伊莉莎白說完朝那晃動的人影猛然

撲了上去。

「嗚、嗚哇！」發出尖叫的卻是韓宇庭，「好痛、好痛啊！嗚哇，不要咬我，伊莉莎白同學，妳弄錯人啦！」

原來在一片漆黑之中，伊莉莎白不分青紅皂白的攻擊使得無辜的旁人遭到池魚之殃。

「請住手吧，伊莉莎白，淑女怎麼可以這麼失態呢？而且別忘了老爺正在現場，妳再這樣子丟臉下去，等等就會被抓起來打屁股了唷！」

一聽見德古拉的名號，伊莉莎白倏然慌慌張張地從韓宇庭的身上跳下。

「嗚！嗚！我不敢啦，千萬別打我屁股。」

「好啦，放心，老爺並沒有聽見。」

米娜軟硬兼施，好不容易才讓金髮吸血鬼鎮定下來。

不過，話說回來，這裡實在太陰暗了一點。除了房間門口灑下的些許亮光，讓他們稍微看清楚了龍穴的大小，但是這樣的亮度遠遠不夠用來找線索。

「啟動照明設備。」德古拉立即開始督促手下們，「大家要仔細調查有沒有可疑的地方。」

「族長，我們要變身啟動夜視力嗎？」

德古拉搖了搖頭。

「從現在開始，每個人都要節省魔力，所以不要變身，也不要使用照明魔法。」

「嗯，這時候才會深深地覺得有人類真是方便。」九尾一邊笑著打開了手電筒。

「別說笑了，九尾，我們趕快開始找看看有什麼線索吧！」

「我知道啦，米迦勒，你不需要這麼嚴肅吧？」

族長們各自指揮帶來的手下開始四處搜尋，與此同時，黎雅心、伊莉莎白、米娜以及砲灰等人則是來到了韓宇庭身邊。

沒有心理準備，糊里糊塗地就被捲下來了，五人看著身邊的大人開始忙碌工作，自己卻不知道應該做些什麼才好。

「我們……我們也來找找看吧！」韓宇庭提議。

「當然好，但是這裡這麼大，本姑娘可不想什麼線索都沒有，就像一隻無頭蒼蠅般地亂找。」

「喂，你們看那邊！」

順著砲灰手指的方向，眾人看見龍穴盡頭的一小點亮光。

「那裡該不會就是出口了吧？」

「有意思，我們過去調查看看吧！」

「好，那大家跟我來。」

砲灰說完拿起了手電筒，率先邁開大步走向前方。

「喂，這個傢伙，什麼時候自以為是我們的領隊了啊？」

有些受不了似地喃喃抱怨了一下，可是大夥兒還是一齊跟在砲灰的後面向前走。

說來也是奇妙，雖然從房間門口下來時，的確可以遠遠望見一處散發著微微光亮的出口，但是慢慢走到房間中央以後，卻又漸漸地感覺此處應該是一個完全密閉的空間。也就是說，既有著出口又沒有出口，如此曖昧不明的狀態，令人深起疑竇。

雖然是個寬廣的空間，但花了一點力氣畢竟也能走得到盡頭。

眼前是厚硬堅實的石壁，似乎就到此為止了。

米娜伸手敲了敲石壁，壁上傳來厚重的回震波，「是實心的，而且很厚，不可能打破這裡出去。」

他們也沒有膽量隨便破壞龍穴的牆壁，萬一洞穴坍塌了怎麼辦？只不過，難道就沒有其他發現嗎？

「咦？」

突然之間，韓宇庭、伊莉莎白、黎雅心以及米娜都同時發出了詫異的叫喊，只有砲灰一頭霧水地四處張望。

「你們幹麻突然怪叫！」

看起來，砲灰被嚇到的點反而與別人不同。

「我怎麼什麼都看不到？」

「噢，我都忘記了，砲灰你沒有辦法看見魔力。」

「什、什麼啊，到底是看見了什麼，不要排擠我嘛！」

「你還是後退一點好了，那是魔力的漩渦，感覺很危險。」

「嗚哎！」

砲灰害怕地慘叫了一聲，趕緊躲到一行人中看起來最強的伊莉莎白背後，金髮吸血鬼怎麼也甩不掉這塊牛皮糖，最後只好哭笑不得地放棄了趕走砲灰的計畫。

黑色的魔力漩渦固定在龍穴的一角，漩渦外面有著奇妙架構的銀色屏障，把捲攪不安的力量緊鎖其中。周圍的石壁上繪有一圈細膩精密的圖案。

「就是這個！」

終於找到了，韓宇庭喜出望外地大喊。

「這圖案和次元海關的傳送門一模一樣。」

「韓宇庭，你發現些什麼了嗎？」

大概是前半段的搜查已經結束，族長們紛紛帶著手下們趕了過來，眾人聚集在疑似傳送門的石壁繪圖之前，當然，同時也注意到了那股緊鎖住的魔力漩渦。

「好強的力量。」

族長們屏息著觀察在這鎖在屏障之中的漆黑魔力，面上露出了猶如被震懾住一般的表情。

「雖然不知道這些魔力是從哪來的，但是這麼龐大的魔力，拿來提供一座傳送門或許都綽綽有餘……」對於傳送門魔法研究最深入的九尾不經意地開口，這句話卻使得眾人面面相覷。

「對、對呀，傳送門！」

「如果可以打開這些魔力的話，說不定就能再度開啟傳送門。想不到銀龍的計畫竟然是這個樣子。錯不了，壁上的這幅圖，一定是在暗示這件事。」

只是，韓宇庭覺得事情或許沒有這麼簡單。

他抬頭仔細端詳著牆壁上的圖案，這幅圖看起來似乎是最近才添加上去的，帶有鮮豔色彩的刻痕和周圍石壁的差異非常明顯。然而若只是為了告訴他們魔力的用法，那為什麼要畫得如此栩栩如生呢？

「可是，我們要怎麼打開這道禁錮？」

銀色的屏障看起來牢不可破，就像先前設置在銀龍房間門把上的封印魔法，於是，再一次，大家又不約而同地把視線轉到了韓宇庭的身上。

「耶，我、我去試嗎？」

他吞了吞口水，在所有人的殷切期盼下，慢慢靠近銀色的屏障。

「等一下！」砲灰突然大喊。

「嗚哇！」韓宇庭趕緊抽回手，「臭砲灰，你在幹什麼啦，不要突然在我背後大叫嚇我啦！」

原本緊繃的氣氛一下子全都鬆懈下來了，感覺要因此而折壽了好幾年。

砲灰不好意思地摸摸頭。

「等一下嘛，先讓我找一下有沒有安全的地方。剛剛那門一打開突然就被捲進來，害我嚇都嚇死了，不知道等等會不會又有風吹、又有爆炸什麼的？」

「你在說什麼啊，不會爆炸的……啦？」

轉頭一看，結果居然所有人都露出了一模一樣的猶豫表情，尤其是族長們帶來的手下。

德古拉生氣地大喊：「喂！你們這些……唉，算了，通通都退遠點吧！但是不准逃跑！」

「咦！咦……不會吧？」

唰啦——人群一下子就退開了好大一圈，被孤立在人群之外的韓宇庭頓時挫折不已。

「應該是不會爆炸的吧？九尾小姐，德古拉先生？」

「嗯……嗯……對，你放心吧，韓宇庭。」

「九尾小姐，為什麼要用不確定的語氣？請妳看著我說話呀！」

「慢著喔，韓宇庭，我們先解決一件很重要的事情。」

九尾說完便又轉過了頭去，四個族長聚集在一起不知道在商議些什麼，神情凝重……咦，為什麼他們居然開始猜起拳來了？一頭霧水的韓宇庭驚訝得合不攏嘴。

半晌過後，一個人咬牙切齒地抓著自己的右手臂走了出來，那就是臉上神情怨恨不已的米迦勒。

「哼！」

他一句話也沒說，走到韓宇庭身邊，張開了魔力收納的魔法。

「還愣在哪裡做什麼，快點打開屏障呀！」

「喔、喔！」被斥責的韓宇庭趕緊跑上前，掌心貼住銀色的屏障。

手掌上傳來一股冰冷、猶如直接貼上冰塊的感覺，屏障無聲無息地破裂、散碎。

「呃、呃呃——」

韓宇庭緊張得身體繃直，兩腿像僵硬的鐵柱一般無法移動，天知道下一刻會發生什麼後果？是不是真的會產生爆炸，該不該趁現在就馬上放手轉身往後逃呢？

可是一切的變化實在來得太快了，他根本就沒有辦法反應。

屏障破碎開來，黑色的魔力再也沒有束縛，歡快地衝破原有的禁錮噴薄而出。

可是這些魔力卻不願意進入米迦勒所施展的魔力收納，它們似乎找到了更值得奮勇邁進的地方，在眾人的眼裡彷彿化為一條狂暴之龍的魔力渦流，飛快地鑽進了牆上的壁畫裡。

畫上的每一條線紋、每一個文字，都在此時發出了強烈得有如太陽般的光芒。

「哦哦哦！不會吧，發生了什麼事？」

「那幅圖！那不是普通的圖畫嗎？」

光輝貫通本體，連結圓環，魔力的氣息陡然暴漲，光線強得好像要刺瞎所有人的眼睛。韓宇庭伸出手臂想要阻擋強烈的光線，但是下一瞬間又強迫地阻止了自己這樣做。

他看見了光環裡所呈現的奇妙景象。

「那、那是什麼？」

……蒼綠的草原、稀疏的雜樹林，與皚皚白雪的遠山，那是他從未見過的一片風景。

那幅圖畫竟是一扇傳送門！

可惜的是，眾人還來不及沉浸在眼前奇蹟的景象，忽然龍穴內升起了一股大風。

「嗚哇！」

首當其衝的韓宇庭，只來得及大叫一聲就被颳進了傳送門裡，消失了蹤影。

緊接著後面的黎雅心、伊莉莎白、米娜，其餘智慧種族，都在無法抗拒的情況下，一一被吹進門中。

「喂！你們怎麼都被吹進去啦？好險我有先找安全的地方躲起來。」躲在一塊巨石後面的砲灰摸著胸口喘氣道，「天知道他們被傳去了什麼地方，會不會有危險啊……哎唷，好痛！」

天花板上的小碎石一粒粒地砸到他的肩上。

「咦？」

他抬起頭，發現整座龍穴都在龜裂。

劈里啪啦！更多的碎礫石塊紛紛掉下，然後數顆大得驚人的石塊，砸落在他的左右，嚇得他連眼珠子都凸了出來。

「不、不會吧，難道說這裡要崩塌了嗎？」

砲灰倉皇顧盼，眼看著傳送門的光線漸漸減弱，就要完全黯淡了，發出慌亂至極的悲鳴吶喊。

「嗚哇，不要拋下我一個人呀，等等我！」急忙縱身撲進了傳送門。

光線完全消失，緊接著被迅速坍塌的土石淹沒。

六、異世界大冒險

「哇啊啊啊啊——」

從半空中墜落的滋味實在太可怕了，韓宇庭尖叫著，揮舞著手臂，亂踢著兩腿。

「夠了吧，韓宇庭，不要再哇哇大叫了。」

「哇啊啊啊……咦咦？德古拉先生，您怎麼能夠站立在空中？」

「什麼站在空中啊？我站在地面上。」德古拉仰起頭，「你沒注意到自己被樹枝勾住了嗎？」

「咦？」韓宇庭露出困窘的神色。

德古拉隨手一揮，將他解救了下來，其實這只不過是一枝距離地面兩、三公尺高的樹枝。

「過來集合吧。」

韓宇庭臉都紅了，老實地跟在德古拉後頭，走向寬闊草原上的一行人。

周圍盡是他所未曾見過的風景，遼闊的草原，生長著甚似蘆葦，有著雪花般頂部尖穗，足足有半個人高的野草，迎風搖曳，草尖之上的波浪漣漪環環不斷地擴散。

說起來，這片草原上的風似乎一直都沒有停過。

有時像是老人般拖著腳步緩緩行走，有時卻又像是壯年人般大步前進，彼此交錯、寒暄絮語、互相激盪，沒有盡頭。

一直觀察著周圍的環境，有著滿腹疑團的韓宇庭小心翼翼地開口：「請問……難道這裡是……」

「沒錯，這裡就是魔法世界。」德古拉肯定地回答。

「呼啊！」韓宇庭忍不住發出一聲喜悅的短嘆，「我終於來到這裡了。」

感覺彷彿作夢一般，只不過這個夢境並沒有持續很久，幾分鐘以後，他們便來到眾人集合完畢的地方。

「人數已經清點好了，我們的士兵都還在。」薩麥爾簡短地報告道。

「很好。」德古拉點點頭。

「那、那麼我們接下來要出發去找龍了嗎？」韓宇庭難掩著興奮地問道。

「你先別這麼著急，韓宇庭。」

「注意你的身分，我們做事自然有我們自己的步調，不需要你在那邊指指點點。」米迦勒不悅地瞪了他一眼。

「可、可是……」

「你還以為自己仍在人類世界嗎？搞清楚，這裡是我們的地盤。我就老實說吧，你跟你的那些朋友會出現在這裡本在我們的預料之外，我們雖不會任由你們自生自滅，但條件是必須嚴格遵從我們的指揮。」

「呃……是、是的。」

「米迦勒，不必這個樣子咄咄逼人吧？他還只是個小孩子。」

「妳說這話可就錯了，九尾，正因為他們還只是小孩，更應該讓他們懂得尊重長幼秩序，否則這些下等種族豈不是以為可以爬到我們頭上來了？」

「我覺得米迦勒說的話還是有點道理，韓宇庭，你跟你的朋友對於魔法世界肯定不熟悉，如果擅自行動而出了什麼危險，反而對大家都不好。既然都在團體之中了，那就好好遵守團體的紀律吧。」薩麥爾說道。

「我明白了。」

「很好，趁著這個機會，我要好好教你見到上族應有的禮儀。第一件事……」

「咦，你們有沒有聽到什麼聲音？」

「第一件事就是當上族講話的時候最好不要插嘴，韓宇庭！」米迦勒氣急敗壞地大吼道。

「不，是真的……」韓宇庭瞥見天空中急急朝著自己這個方向墜下的黑影，連忙閃開。

「啊啊啊啊啊啊——」

砰咚！突然從天而降的砲灰壓到了米迦勒身上。

「呼耶？哎呀，我活下來了啊？」

從高空中摔下來的砲灰，還好有米迦勒當墊背，奇蹟似地毫髮無傷。

他搖頭晃腦，好像一時之間仍沒辦法搞清楚當下的事態，過了一陣子好不容易才稍微清醒了一點，轉頭看見了韓宇庭，張嘴咧開大大的笑容。

「天啊，韓宇庭，我好想你呀嗚嗚！我以為我們差一點就永遠也見不到面了，感謝上蒼！」

砲灰一把鼻涕一把眼淚地纏著他不放，甚至還拚命地搖著他的肩膀。

「不……等等，砲灰！」韓宇庭用力掙脫好友的熊抱，然後再把打算混水摸魚用他的衣服擦鼻涕的砲灰推開，「你再不從米迦勒先生身上起來，可能就真的再也見不到他啦！」

「咦、咦？米迦勒先生？你怎麼會在我的屁股下面啊？」

米迦勒沒有回答，抽搐的手腳忽然再也沒了反應。

「別、別問啦，還是先挪動你的屁股……天啊！不得了了，米迦勒先生好像沒有呼吸了！」

眾人一陣鬧哄哄，手忙腳亂地把米迦勒從砲灰屁股底下救了出來，不過無緣無故被人泰山壓頂的次天使族長早已口吐白沫，昏了過去。

天色暗了，韓宇庭和朋友們圍繞在火堆旁，準備晚餐還有搭建今晚睡覺用的帳篷，不過因為強風的影響，事情進行得並不順利。

才剛架起來的支架一下就被風吹垮，再加上金髮吸血鬼本就不高，想要完成組裝帳篷的工作更加費力。她一直跳，一直跳，可還是沒有辦法成功地把橫梁放到已經立起來了的豎柱上。

「可惡……」

遭受接二連三的挫敗，伊莉莎白不禁一肚子氣。

「喂！趕快給本姑娘動起來呀，你們這群懶蟲！連女孩子都在賣力工作了，身為男生居然還在那裡偷懶，太不像話了吧？」

然而面對伊莉莎白的指責，韓宇庭和砲灰卻只能以無力的呻吟聲回應，躺在地上完全沒有力氣起身。

「嗚……」

「怎麼啦，你們兩個不要在這裡睡覺啊。」黎雅心戲謔地跑到兩人的身旁，用腳尖搔他們的癢，「再不起來的話，我就要踩扁你們這兩個傢伙囉！」

「嗚嗚……」砲灰難受地滾來滾去，「雅心，難道妳都不會覺得身體不舒服呀？」

「咦，不知道耶，大概是我比較強壯吧！」相較於病懨懨的兩人，黎雅心看起來精神奕奕，「我是很樂意照顧韓宇庭啦，但是砲灰你平常那麼活蹦亂跳的，現在根本只是在裝病而已吧？」

「哪有啊，我……哎唷，雅心妳偏心……」

「……我真的要踩下去囉！」

就在黎雅心一臉笑嘻嘻地享受著調戲韓宇庭和砲灰的樂趣之際，背後來了阻止她的話語聲。

「哎呀，妳千萬不可以把他們踩扁了啊！這樣子他們不是太可憐了嗎？」

「九尾小姐、薩麥爾先生？」

「嗨！」

兩名族長肩並著肩走了過來。

「他們兩個肯定是因為第一次來到魔法世界，所以才會水土不服吧！」

九尾蹲下來拿出了藥錠，塞進兩個人嘴裡。

過了一會兒，韓宇庭和砲灰終於從半死不活的狀態中恢復，可以自由地說話和行動了。

「魔法世界的空氣容易讓人類生病，這位小妹妹或許是有少許智慧種族的血統，所以才感受不到異常吧？」

黎雅心詫異地點了點頭，心中對九尾猜中了她的祕密而佩服不已。

兩名族長微微笑了一笑，坐下來和他們一起烤火。

稍微恢復了力氣的韓宇庭，開始幫忙米娜料理晚餐。

「米迦勒先生還在生氣嗎？」他一面說著，一面把打開來的濃湯罐頭擺得更靠近火源一些。罐頭散發出絲絲玉米的甜味香氣，九尾忍不住伸頭貪婪地多吸了幾口。

「豈止是生氣啊，簡直就是氣炸了。不過不要理會他就好。」

「希望他可以早點消氣，砲灰並不是故意的。」

「是啊，我當時也想不到他會這麼巧就在我屁股下面嘛！」砲灰無辜地說道，「如果有下一次，我保證會更加小心的。」

「好了，好了，這些我都知道。你們就靜待時間過去即可，這件事情不用再提。」九尾擺擺手說。

薩麥爾不動聲色地坐到了上風側，替九尾擋住不斷吹來的風。入夜以後的氣溫更顯得冰冷，草原上的風勢彷彿永遠不會停止。

「話說回來，九尾小姐，我們接下來要往哪裡去呢？還有這裡又是哪裡？」

「問得好，關於接下來的計畫，我們族長們也還在商討中，若無意外的話，我們會先到最近的村莊去，蒐集更多的情報。至於此處，此處就是卡拉阿希特高原，別名又叫做『風之高原』。」

「卡拉阿希特高原？」

韓宇庭這時候回想起，銀鱗的別名又叫做卡拉阿希特領主。

難道這之間有什麼關聯嗎？

「哇啊啊，是野生的高原耶！」砲灰讚嘆地說道，用詞中充滿了語病，果不其然，馬上就招來了伊莉莎白的白眼。

「真是的，高原哪有什麼野生不野生的啊，正確來說，應該是充滿野生動物的高原吧？」

「我知道啦，就是野生動物、野生植物……還有野生怪物，呼哇！這樣才刺激啊！」

「野生怪物！」黎雅心臉色發青地四處張望，「你、你是說，這附近會有什麼怪物嗎？」說完還一副想要拔腿就逃的樣子。

「噗哈哈哈！妳的想像力還真是豐富，到底把魔法世界想成是什麼樣子的地方啦？」九尾大笑道，伸出手指擦拭著眼角的淚珠，「別擔心，怪物怎麼可能隨隨便便就讓妳碰上？」

米娜連忙解釋道：「雖說這裡距離村莊比較遠，但還算不上危險區域，魔法世界裡頭的強大怪物只會出沒在更內陸的地區或者是深山。」

聽到這裡，黎雅心終於鬆了一口氣。

「更何況，恐怕是怪物比較需要害怕我們咧！」

「哈，說得也是。」

「是啊，你們唯一要小心的，就只有兔子。」

「兔子？」所有人異口同聲，狐疑地望著九尾。

九尾笑而不語，神祕不答。

「這、這是什麼意思啊？」

「難道魔法世界的兔子，是一種會吃人的怪物嗎？」

眾人面面相覷，紛紛轉頭朝著最見多識廣的同伴求援，然而這時就連米娜也攤開雙手，一頭霧水地聳了聳肩，「我對這個區域並不熟悉，可是即使在魔法世界，兔子也是一種溫馴的草食性動物……難不成卡拉阿希特高原上的兔子比較特別？」

「你們放心，這裡的兔子和其他地方沒什麼不一樣，只不過還是要小心。」

九尾壞心眼地故意不把話說完，使得韓宇庭他們感到更為徬徨。

此時，終於看不下去的薩麥爾插話進來，帶入主題：「這裡距離我們的領地較遠，在回到安全的大道以前，我們的部下每天晚上都會輪流守夜。當然你們不算在內。你們還只是小孩子，只要好好睡覺就可以了。」

「對不起，好像淨在拖累你們……」韓宇庭歉疚地說道。

「沒有這回事，要不是有你們的協助，我們絕對難以在這麼短的時間內重返魔法世界，光是這點就已經是極為了不起的功勞了。」薩麥爾說道。

「只不過，接下來的行程恐怕會越來越辛苦，你們可要先有個心理準備了。這次回來得太突然，我們攜帶的物資並不多，而且另外還有別的原因迫使我們不得不採取最原始的方法穿過這片高原。」

「九尾族長，我不明白，為什麼我們不聯繫附近的同胞前來支援？」伊莉莎白不解地問道，「我族在高原南邊有一處領地，翼魔族、次天使族在這區域附近也都有各自的據點，只要使用通訊魔法，不就能很快地從這裡離開了嗎？」

「當然是為了要節省魔力啊，伊莉莎白！」九尾回答，「雖然通訊的魔法確實方便，但是我們不這麼做也是有原因的。目前我們所攜帶的魔力，已是兩個世界中最大的存量，若到了逼不得已的關頭，這些魔力很可能會成為再度啟動傳送門的重要關鍵，因此一點一滴也不能隨便花用。」

「逼不得已的……關頭？」

「當然是指找不到龍族的時候囉！」

「龍……但是，我們這趟不就是為了找龍而來的嗎？」

「話雖如此，但是我們總要做最壞的打算。韓宇庭，你是否考慮過，龍會被我們找到嗎？或者說，我們真的能找得到龍嗎？」九尾的話語一針見血。

韓宇庭一時愕然：「真的……會找不到龍嗎？」

「哈哈，不到最後，誰也不會知道答案。」九尾滿不在乎地聳了聳肩，「說不定是龍主動來找我們呢！」

「夠了吧，九尾，沒看到因為妳在這邊亂說話，害他們的臉色都嚇得發白了嗎？」薩麥爾斥責道。

九尾笑嘻嘻地吐了吐舌頭。「你們不用擔心啦，即使碰上了龍，我們這些族長也是有辦法保護你們的。」

她捲起袖子，露出了沒什麼肌肉的手臂，不過真正足以說服別人的也並不是他們的力氣，而是身為上族族長的事實。

伊莉莎白像是忍受不住似地打了一個大大的呵欠。

「哎呀，這下可不妙，伊莉莎白每天都一定要睡足八個鐘頭，否則隔天就會變得很沒精神，皮膚也會不好。」米娜說道。

昏昏欲睡的伊莉莎白無力地倒在狼人少女懷中，還好這時候他們已經搭好了帳篷——靠的當然不是伊莉莎白的努力，而是在處理完晚餐後馬上趕過來支援的米娜的本領。

「都已經是吸血鬼了，沒想到居然不能熬夜？」砲灰目瞪口呆。

「不准說伊莉莎白的壞話！」

米娜看也不看地踢飛了火堆旁空掉的濃湯罐子，罐子旋轉飛起，俐落地擊中了砲灰的額頭。

「呃啊！」

「活該。」米娜毫不容情地說道，以公主抱的方式將伊莉莎白抱進了帳篷。

「好啦，看來時間不早了，你們趕緊去休息吧！我們也要離開了。」

「晚安，九尾小姐、薩麥爾先生。」

兩名族長起身告別。韓宇庭他們在稍微整理環境過後，也一一鑽進了帳篷休息。

當天晚上，韓宇庭一直無法入睡，心裡頭就像有一支波浪鼓，不停咚咚咚地發出聲響，完全不能平靜下來。

「嗯……韓宇庭，你還不睡呀？小心明天會沒有精神。」

「抱歉，雅心，吵到妳了嗎？」

「聽你整晚在那裡翻來覆去，哪睡得著？怎麼樣，是不是有什麼心事？」

「也沒什麼，只是今天九尾小姐的話讓我有些在意。」

「你是說我們很可能找不到龍嗎？」

「是啊！」韓宇庭輕輕嘆了口氣，「我就是為了尋找更多有關龍同學的線索，才會想要進入魔法世界，可是九尾小姐說的話卻讓我驚覺到，也許到頭來這一切都只是白費力氣。」

「怎麼會白費力氣呢？」黎雅心道，「你不是很喜歡智慧種族，也很嚮往魔法世界嗎？就把它當作是一場難得的旅行經驗嘛！」

「妳說的或許沒錯……可是，我就是覺得不甘啊。」

韓宇庭的聲音悶悶的，聽在黎雅心的耳裡實在有些刺耳，終於忍不住輕輕發出了「嘖」的一聲。

「韓宇庭啊，你是不是一直都沒有察覺到啊？」

「察覺到什麼？」

「還裝傻？察覺到你自己真正的心情啊！」黎雅心說道，「你有沒有想過，自己為什麼要這麼堅持追查羽黑同學現在的情況？」

「咦！作為朋友，不是本來就會關心對方嗎？」

「不不不，普通人對於一般朋友的關心才不會有這種程度。韓宇庭，我和你從小學就認識了，你有很多『一般的朋友』，卻在畢業之後都沒有聯絡了，所以說這根本就不合理吧！」

她緩了緩氣，繼續說道：「像是伊莉莎白同學，因為族人被困在這裡，當然會想要回來，但你根本沒有這種理由。如果你覺得自己和羽黑僅僅是普通朋友，那你的行動也太大費周章了，跑來魔法世界這種事情，可不是去隔壁郊遊啊。」

「那不然是怎麼樣？」

「這……這我怎麼說得出口？」黎雅心一陣混亂，「哎呀，總之這就要靠你自己好好去想了！」

「說了那麼多，我反而更不懂了。雅心，妳有話就直接告訴我，不要吞吞吐吐的嘛！」

她生氣地說道：「你啊，就是沒有慧根。」

「是是是。」韓宇庭口氣裡蘊含不快，接著坐起身。

「你要去哪裡？」

「我睡不著，想去外面走走。」

「哼！隨便你。」黎雅心翻身背對韓宇庭，賭氣般地把睡袋拉高過了肩膀，將自己包得緊緊的，像條蓑衣蟲。

背後傳來了輕微的摩挲聲響，韓宇庭打開篷門，走出帳外。

然後，一股溫暖的觸感搭上半拉彌亞族少女的肩膀，她訝異地轉過頭來，卻發現砲灰炯炯有神的雙眼。

「雅心啊，妳已經做得很了不起啦！」

一直都默默守護著這兩人的少年，雖然平時看似嬉戲胡鬧，卻始終沒有漏看最重要的事情。

黎雅心皺起面孔。

「要你多管閒事！」她粗魯地哼了一聲，重新縮回了睡袋裡，再不出聲。

夜間的野外氣溫低得讓人難以忍受，韓宇庭剛踏出帳外，馬上就遇上了猛烈的寒風。風勢之強，就像驟然被一群人拿著冰棍毆打一樣，令他忍不住打了一個噴嚏，趕緊拉緊全身的衣服。

如此猛烈的風勢，稍微一不留意便會被吹得東倒西歪，韓宇庭一面打著哆嗦，一面走向營區中心的火堆。守夜的人們正不停朝火堆添加木柴，熊熊的火光衝破了漆黑的夜晚，是唯一有著明亮和溫暖的地方。

「唷，韓宇庭，怎麼還不睡？」

九尾和薩麥爾兩人坐在火堆前面，享受著手下們提供的暖湯——正確來說，只有薩麥爾一人坐著，九尾則是在一旁的空地上比手劃腳，不知道在跳什麼奇怪的舞蹈。

「睡不著，所以想出來走一下。」韓宇庭困惑地望著手舞足蹈的九尾，「九尾小姐，這個……妳是被蚊子叮到了嗎？」

聽到他這麼說，薩麥爾和其他妖狐族人全都「噗哧」了一聲。

九尾停下舞步，同時垮下了一張臭臉。

「沒有禮貌，什麼被蚊子叮到啊？我這可是在施展高深的魔法。」

「魔法？」

「沒錯。」她得意洋洋地說道：「讀遍了『橙舌大圖書館』裡所有藏書的我，自然曉得一些不對外流傳的祕法，有些甚至是從龍代的魔法師那裡傳承下來的喔！」

「聽、聽起來好厲害。」

「不是聽起來，是真的很厲害。」

九尾的心胸開闊，對於眼前這名人類少年的有眼不識泰山並未真的放在心上。

「總而言之，現在我所施展的魔法，乃是可以偵測魔力流動的法術。」

「偵測魔力流動……有什麼用呢？」

「你想想看，獵人在捕捉獵物的時候，就是藉由觀察目標留下的蛛絲馬跡來追蹤位置，那如果要在這麼廣大的世界裡找一條龍，我們又該利用什麼方法呢？」

韓宇庭搔著腦袋用力地思索。

「我們應該利用……」

「利用對方最明顯的特徵，對不對？」

「啊！我懂了，是魔力！」

「沒有錯，孺子可教。」九尾滿意地點點頭，「龍的最大特徵就是魔力，龍就是魔法世界之中最巨大的魔力聚合體。這個魔法——」

她拿著一根不知道從哪撿來的樹枝，朝沙地用力插了下去，「嘿！就是廣義魔力偵測術。」

樹枝上的樹葉一一從本體離開，不可思議似地環繞著樹枝不停旋轉。

「樹葉沒有偏向某一個方向，這意味著四周圍的魔力分布非常平均，那麼龍一定就不在那個方向……」九尾耐心地解釋著，說到一半時，忽然神情大變，「等一等，魔力分布非常平均！這怎麼可能？薩麥爾？」

正在喝湯的薩麥爾抬起頭來，滿臉詫異地望著她。

九尾觀察著飛行中的葉子，對於九尾和薩麥爾兩人所處的方向，樹葉也是毫不停歇，看起來對兩人完全沒有興趣似地穿越了過去。

「這不合理，我們四個族長本身就是強大的魔力存在源，是對這道魔法最強大的干擾，為什麼魔法沒有對我們起反應？」

比起研究結果偏離了預期計畫而感到慌亂的學者九尾，擁有戰士性格的薩麥爾更快地做出了正確的反應。

「快點去叫所有人起床，九尾。韓宇庭，回去你的帳篷，把其他人叫醒，趕快去避難。動作快一點，我們有麻煩了。」

「噢、噢，好！」

韓宇庭雖然不明就裡，還是選擇了照做，慌慌張張地衝回了帳篷中，用最快的速度叫醒所有人。

「快，快點起來！」

「什麼事呀？」大家都兩眼惺忪地揉著雙眼，一副迷迷糊糊的模樣。

「薩麥爾先生說我們遇到麻煩了，快點起——呀啊！」

轟隆！

巨大的雷鳴聲打斷了未能來得及說出口的語句，帳內的眾人也競相尖叫。那是夾雜著爆破、流動、壞滅，宛如天崩地裂般的聲響。帳篷之外紅光大作，彷彿天空的中央有熔岩在滾滾燃燒。

他們逃出了帳外，正好聽見薩麥爾高聲大喊：「魔力被人用不自然的力量固定住了，所以才會偵測不出來。能夠做到這種事情的存在就只有一種！」

那是哪一種？即使薩麥爾不說，飛翔在天空之中的巨大生物也給予了答案。

龍。

偉大的巨龍、恐怖的巨龍，萬象法源之祖，智慧種族之貴族。

「哇哈哈哈哈……居然想要用我們傳授給你們的魔法來偵測我們？弱小的下族們，該說你們是大膽得可敬，還是愚蠢得可憐？」

在黑夜之中並不能再創造出更多的影子，然而昂首飛行的四條巨龍給地上的智慧種族們投來的卻是心理上無限巨大的陰影。四名族長帶來的雖然都是族裡身經百戰的精銳戰士，但當巨龍飛掠過他們頭頂之時，卻沒有一人能夠例外地不發出驚叫。

「哇哈哈哈哈——哇哈哈哈哈——」

披滿色彩鮮明赤黑色鱗片的紅龍最先降低牠的高度，狂笑著張開血盆大口，巨龍的口中盡是銳利得能撕開鋼鐵的牙齒，以及滾燙蒸騰的岩漿。

「哇啊啊啊啊，快逃！」

紅龍自嘴裡噴出岩漿，岩漿以氣勢如虹的姿態肆虐著，轉眼間就將成群的營帳夷平。

「我們被擺了一道！」九尾俐落地跳離岩漿，同時咬牙切齒地喊著，「可惡，這下子從獵人變成了獵物。」

族長所帶來的手下們，被滾燙的岩漿四處驅趕，就像遭遇到了野狼的可憐羊群，天空中還有三條龍沒有動手。

「跑，快點跑！」

即使在如此險峻的態勢之中，德古拉依然沒有失去冷靜，大聲指揮著部屬。

「龍族不是你們能夠應付得來的對手，這裡就留給族長，快點離開，越遠越好。」

智慧種族們潰敗地逃向遠方，天頂上看見了這一切的巨龍們似乎絲毫不打算阻止。

「哇哈哈哈哈……儘管逃吧，反正我們也不是為了你們而來。」

紅龍噴出了飛散著火花的鼻息，堂而皇之地面對著四大族長。

「但是你說的話倒是讓我很有意見，年輕的吸血鬼，難不成你真的以為你們幾個人有能力面對巨龍嗎？」

就算先前有什麼睡意，這時候肯定已經消失得無影無蹤了吧！

在巨龍們開始襲擊時，韓宇庭他們就奔出了帳篷，本來想要和其他人會合，但是在中途就遇上了熾熱岩漿的阻絕。

「嗚哇！好可怕！」

韓宇庭等人急急後退，被眼前的恐怖景象震懾得說不出的第二句話來。

一陣陣夜風吹過，鼻間充塞著難以忍受的硫磺臭味。此刻面前的濃稠液體，不但有著令人退避三舍的溫度，高亮度的紅光更是刺痛他們的眼睛。

一瞬間的躊躇導致了事態往不好的方向發展。

眼看著岩漿即將要淹沒到他們的位置，眾人驚恐地想要逃命，可是四處漫延的熔岩一下子便吞噬了他們周圍所有的土地。

就在一切看似山窮水盡之際，銀色的光輝映照到了岩漿之上，一條身姿優雅的銀色巨龍伸擺著長長的頸子，飛越他們頭頂。

「銀鱗？」韓宇庭欣喜地喊著，「銀鱗，我們在這裡，喂！」

銀鱗是來救他們的嗎？韓宇庭的心底一下子燃起了希望。

但是銀色巨龍對興高采烈的他們視若無睹，巨龍的尾巴一下子就脫離他們的上方。看見對方如此冷淡的回應，韓宇庭用力揮舞著的手逐漸慢了下來，同時也驚訝得無法闔上嘴巴。

就在這時，四周圍毫無預警地颳起了猛烈的強風。

「哇啊！」

滾燙的岩漿濺起了熾熱的水花。承受不住可怕的風勢，黎雅心一個踉蹌，和韓宇庭滾落在一起。韓宇庭死命地抱著她，才沒有發生兩人一同掉進去熔岩裡的慘劇。

強風把其他三人吹得連站都站不穩，可是熔岩圍繞在四面八方，只要一不小心掉了進去，馬上會被烤成一堆白骨，他們真的走投無路了。

「要被吹走了，嗚哇呀！」

「吹走？」但就在這時，伊莉莎白忽然高聲大喊。

「伊莉莎白同學？」

「沒錯，就是吹走！現在我懂妳的意思了！」

「伊莉莎白同學，妳在說什麼？」

就在一切看似絕望之際，金髮吸血鬼忽然朝天空大喊著讓人摸不著頭腦的話語。

「伊莉莎白，咦啊？」

伊莉莎白的身體產生了奇妙的變化。

「這是……」

「米娜，趕快把他們抓好。」

「是、是。」

狼人少女連忙衝了過去，一把將差點就要支撐不住的韓宇庭和黎雅心拉上岸。三人還沒時間喘口氣，便同時聽見了頭頂上傳來了某人的哇哇大叫，一抬起頭，原來是砲灰正被伊莉莎白抓著一隻腳，頭下腳上地倒掛著飛上半空中。

此時的伊莉莎白，已經不再是先前嬌小的幼女體型，過肩的金髮、高䠷的身材、玲瓏有緻的曲線，無一不是變身後的特徵。

「變、變身了？可是伊莉莎白同學剛剛沒有吸血啊！」

「不，不是這樣的。吸血鬼只要有充足的魔力就可以變身。」

「但如果沒吸血的話，她又是從哪裡獲得魔力？」

「現在不是探究這個的時候了，你們快點抓緊我。」

兩人趕緊牢牢地抓住狼人少女，米娜則抬起了一隻手。此時伊莉莎白也極有默契地剛好飛到她的正上方。

拉起米娜的同時，她腳下的最後一寸土地剛好被岩漿吞沒，整個過程驚險萬分，間不容髮。

吸血鬼不知哪來的力氣，居然能夠一隻手提起狼人少女以及韓宇庭、黎雅心三人，再加上另一隻手上的砲灰，無疑是很沉重的負擔。

但是伊莉莎白絲毫沒有露出吃力的神色，張開蝙蝠般的雙翼，輕盈地飛出了猛烈的風暴圈。

七、龍群來襲

在荒野中漫無目的地飛行了好長一段時間，直到東方天空露出魚肚白，伊莉莎白終於再也支持不住，帶著他們踉蹌墜地。

「哇啊啊啊！」五個人狼狽地跌落在草坪上，幸好這裡的草皮十分柔軟，即使掉下來也不會摔傷。

「咳咳……」伊莉莎白筋疲力竭，翻滾了好幾圈後仰躺在地上，胸膛上下起伏。

「大家……都沒事吧？」

「你覺得我們看起來像是沒事嗎，韓宇庭？」

「至少，都沒有人死掉，也沒有人受傷。」

「呼……呼……真沒想到……」伊莉莎白粗啞地喘著氣，隨著日光一寸寸覆向地表，吸血鬼族特有的變身能力也緩緩消失，「我們居然能夠在那種情況下逃出來，喂，還不快感謝本姑娘！」

「伊莉莎白同學，謝謝妳。」

「要謝，就去謝那條銀龍吧！要不是牠透過風把魔力傳輸給本姑娘，本姑娘也沒辦法變身救你們。」

「原來妳可以變身是因為銀鱗的緣故！」韓宇庭恍然大悟。

「廢話，不然我哪來的魔力？幸好本姑娘夠聰明冷靜，沒有被銀龍藏在風中的魔力嚇了一跳，還及時領悟了牠的用意……不過現在魔力也用完了。」

「不知道其他人怎麼樣了。」黎雅心擔憂地說道。

「不知道……不過既然有族長們殿後，應該已經逃到安全的地方了吧？我們應該擔心的是自己。」米娜沉著地說。

放眼四顧是一望無垠，稍微有些貧瘠的黃綠色乾草原，在終年不斷的風勢吹阻下，連幾棵稍微高大的樹木也沒有。草原大得使人不安，一點方向也沒有，茫然不知該去向何方。

「我們先檢查看看身邊有什麼物資好了。」

米娜說道，這個提議立刻獲得了眾人的肯定。

他們立刻檢查起身上能派得上用場的任何事物，然而因為是在倉促的狀況下逃出來的，大多數人身上根本一點東西也沒帶，正在大呼不妙時，卻發生了一件值得歡呼的事情。

「米娜！萬歲！」

米娜在離開帳篷的同時，居然沒有忘記帶上食物，做事真是細心周到。

「只要節省著吃，這些食物足夠我們度過好幾天。雖然只有一條毛毯……但擠一點的話，夜裡也不必擔心保暖的問題。」

「米娜妳真是太厲害了，居然設想得這麼仔細。」

「沒什麼，只不過從這趟旅程的一開始，我就隨時在為最壞的情況做準備。我是一名女僕，有責任保護主人的安危。」

伊莉莎白感動得說不出話來。兩手空空的韓宇庭掏了掏口袋，也想找出一點對大家有貢獻的東西來。

「這是什麼？」

眾人湊過頭去，並且不約而同地發出了低聲的輕呼。

「是一張地圖！」

「奇怪，我是什麼時候帶了這張地圖的？」

「我想起來了，在還沒有進房子以前，銀龍不是有一張不知道用途的紙，說是要給你的嗎？」

「沒錯。可是那時候那張紙整張都是黑色的……」韓宇庭低下頭，不可思議地望著手中的地圖，發現每當風一吹，紙上便有一小部分的漆黑區塊隨之褪色，地圖逐漸變得清晰。

「這真是太奇妙了……」

地圖上清楚地標記著高原上的地形構造，有了這張地圖，他們即使是在幅員廣闊的高原上，也能順利地找出路徑。心情興奮的眾人，立刻七嘴八舌地展開了討論。

「你們看，這是什麼？」

地圖的北面上標註著一顆鮮明的紅點。

「怎麼會有這個紅點，這什麼意思？」

「說不定是代表危險，要我們不要靠近。」

「我倒是覺得地圖上標記這個點，應該是希望我們過去喔！」

「臭砲灰，你敢這麼說，至少要給個理由啊！」黎雅心斜著眼說道。

眾人的視線一致地轉向了砲灰，意外受到注目的他則是露出一副不好意思的模樣，把手伸向後腦勺。

「哎呀，你們不要那樣子看我嘛！人家會害羞。」砲灰耍寶完，趕忙在黎雅心揮拳教訓他之前繼續說道：「我在想，這張地圖是龍給的，也許代表龍有著想要我們前往的地方啊！」

「嗯，這倒是滿有道理的。」

「但是龍也可能只是希望我們逃到安全的地方吧？」黎雅心持不同意見說道，「害死我們對龍又沒有什麼好處，也許龍只是看在和我們曾經有一點交情的分上，不想眼睜睜地看著我們死在岩漿裡面。」

「別再提岩漿了，我到現在回想起來還是心有餘悸。」

「先不管那些了，我們現在最重要的應該是決定往哪個方向走才是吧？」

「不愧是伊莉莎白同學，說得真有道理。」砲灰讚嘆地注視著伊莉莎白。

「哼！那、那是當然，笨蛋砲灰，少拍本姑娘的馬屁。就算你這麼講，本姑娘也不會覺得高興……嗯咳！」伊莉莎白清了清嗓子，恢復鎮定，然後開口道：「本姑娘認為我們應該往南邊去。我族有一塊領地在高原南方，現在應當做的是先到安全地區與其他人會合。」

「你怎麼看呢，韓宇庭？」米娜問道。

韓宇庭一直專注地凝視著紙上的軌跡與線條，露出深思熟慮的表情。

「我們應該往北走。」他指著地圖上的紅點說道，「這個點上就是銀鱗託付給我們的最終目的地。」

「往北？」黎雅心吃驚地說道，「但這一路上不知道還會有什麼危險，我們何不往南到吸血鬼的村莊，跟其他人會合再說？」

「這只是我的直覺……」韓宇庭說道，「但我隱隱約約覺得，彷彿從一開始所有的一切都是銀鱗計畫好了的，我們只不過是在牠的安排下行動罷了。」

「老實說，我也有這種感覺。」米娜說道，「這段過程中，銀龍總是不斷出現引導著我們。但是這又說明了什麼呢？」

「我想，銀鱗引領我們來到這裡，一定有牠的目的。」韓宇庭用目光掃視了一遍整張地圖，最後停留在醒目的紅點上，「這裡的可能性是最高的。」

「那裡會有什麼東西呢？」

「我不確定。但是……我想那裡就是龍同學所在的位置。」

「羽黑？」

「那條龍？」

黎雅心和伊莉莎白雙雙瞪大眼睛，但無論什麼時刻，米娜依然沉著。

「你怎麼敢確定呢，韓宇庭？」

「紫晴女士帶走龍同學之後，沒多久就發生了龍族四處掠奪上族魔力的事件，我認為這兩件事情是可以連接在一起的……其中的關鍵就是龍同學的成年禮。」

「嗯……」她們也都知道這件事，但始終沒有仔細地考慮。

「雖然不清楚龍族的成年禮究竟是怎麼進行的，但是考慮到巨龍們不斷蒐集魔力的情況，還有當時他們闖入次元海關時的說詞，我確信，這些魔力就是為了要供應給儀式用的。」

「你說的這話有破綻，巨龍不是本身就具有深不見底的魔力嗎，何必需要這麼大費周章？」

韓宇庭搖了搖頭，「記得三條龍入侵次元海關的影像中，當時就有一條龍提到破除封印不能使用龍族本身的魔力。」

「所以，才需要搶奪智慧種族的魔力？」

「應該是這樣沒錯，砲灰。」韓宇庭點點頭，「而且，成年禮還沒有開始。這也是為什麼龍同學還沒有回來的原因。」

「你怎麼知道？」

「因為若是已經蒐集完所需要的魔力，這次巨龍沒有理由攻擊我們。」

「原來如此。」

韓宇庭敲了敲手上的地圖，「雖然剛才所說的都只是猜測，但是我認為，無論龍族為何掠奪魔力，以及龍同學現在的狀況為何，還有銀鱗究竟希望我們完成什麼事，一切到了那裡都將會水落石出。」

「這麼說來，接下來決定要往北方囉！」伊莉莎白氣勢滿滿地抬頭挺胸，「那我們還在等什麼？」

「嗯……」韓宇庭在原地躊躇沉吟，裹足不前。

「怎麼了，韓宇庭，說要往北方的明明是你，為什麼反倒猶豫了起來？難道你不想去嗎？」

「不是這樣的，米娜同學。」韓宇庭正色地搖了搖頭，接著又一臉顧慮地望向黎雅心，「……或許，往南方走也是個不錯的選擇。」

「為什麼？」伊莉莎白不悅地喊道，「我的族人們的困境可是一分一秒都不能再拖延了。」

「難不成你是在顧慮我嗎，韓宇庭？」黎雅心不開心地說道，「你覺得我會不想跟著你們去？」

「我是害怕……雅心，我看得出來妳似乎不太想要繼續涉險下去了，說實話，把妳捲進來這次的事件，害妳吃了這麼多的苦頭，我心裡也很過意不去。如果可以的話，我們先到南邊的村莊，想辦法讓妳和砲灰能夠平安地回到人類世界，或許會比較好。」

「你在說什麼傻話，你以為我是真的害怕吃苦嗎？」黎雅心臉色一沉，氣勢洶洶地站到了韓宇庭面前，字字清晰說道：「給我搞清楚了，我會一直不贊成你冒險，那是因為我擔心你在我看不到的地方出事。如果你偏偏要選擇往沒有人知道會怎樣的道路前進，那我就更不能放著你不管了。」

「簡單來說，她會千方百計地死命跟著你就是了，韓宇庭。」砲灰幫腔說道，「你又不是第一天認識她，還是趕快放棄吧。」

「我明白。」韓宇庭露出苦笑。「那麼雅心同學就確定跟著我們走了。」

「至於我，既然你們都要往北邊走了，如果我這時候說要往南，豈不是要孤零零地被你們拋下了嗎？」砲灰裝得無辜可憐地說道，逗趣的話語使得眾人忍不住笑了出來。

「要是這樣，我寧願留在最厲害的伊莉莎白同學身邊，至少可以讓她保護我吧！」

「你一個大男人，居然開口閉口就要別的女生保護？」

「別這麼說啊，伊莉莎白同學……不然，現在開始我改叫妳伊莉莎白大人？我知道妳對粉絲最好了。」

「確實如此，但是，我的粉絲也不是隨隨便便就能當的，我看你就先繳個兩、三公升的血當會費吧！」

伊莉莎白說完故意露出了森白的牙齒。

「嗚哇！那我豈不是要變成乾屍啦！」

砲灰努力把身軀藏在韓宇庭背後，模樣滑稽。多虧了他適時的耍寶，本來沉重的氣氛頓時放鬆許多。

「我們這一路上確實可能會遇到不少危險……」

「放心呢，有本姑娘在。」

「嗯，是的，一切就拜託妳了，伊莉莎白同學。」

「交給本姑娘就沒問題。」伊莉莎白拍了拍胸脯說道，信心十足。

「既然伊莉莎白大人出馬，再多的危險也會迎刃而解的啦！」砲灰搖了搖手指，一副勝券在握的模樣，「就像九尾族長說的啊，這種地方唯一要注意的怪物也就只有……」

「兔子！」

大家異口同聲地喊道，說完後一起大笑了起來。

決定要向著北方前進以後，五個人沒有猶豫，立即出發。高昂的意志就像東方地平線上升起的旭日，精神抖擻，此後一直到夜裡，他們在廣闊的高原中揀定了背風的緩丘，生火就著所攜帶的乾糧過夜。

可是從次日的旅程開始，情況漸漸地變差了。

他們必須不斷地撥開足足有半個人高的長草，忍受著草裡面的蚊蟲、腳下的泥濘和被割傷的困擾，同時高原上終年不斷地吹著冰冷的風，走到後來越是覺得刺骨。寒冷的勁風猶如貪婪的盜匪，肆無忌憚地掠奪他們的體溫，但是他們只有一件晚上用來睡覺的毛毯。韓宇庭和砲灰發揮騎士精神，走在隊伍的最前方，把唯一的禦寒織物讓三名女性使用。

這天夜裡，天空落下細細的雨絲，要不是發現了一處洞穴，足以遮風蔽雨，還真不知道該怎麼辦才好。一踏進洞裡，每個人就像快死掉一般各自倒下，一覺睡到天亮。

經過了兩天，原本該有的激昂也都冷卻。第三天晚上，他們停在一棵幾近枯死的大樹下紮營，地上的泥土依舊潮濕，帶著滲進骨頭之中的冷意。更由於風勢太大，差點生不了火，最後是用魔法勉強把枯樹的樹枝點燃。

「你們先睡吧，今天也不必輪班換哨了，本姑娘會確保整晚周圍一點危險也不會靠近。」

變身為成人姿態的伊莉莎白手扠著腰，半是焦躁半是憐憫地望著其他四人，沒有歷經野外求生訓練的他們，把「守夜」這件事情看得太簡單了，才只是輪了兩個晚上的哨，所有人都有些睡眠不足的症狀。

「伊莉莎白，妳可不要太逞強啊……」米娜雖然這麼說著，可是自己也有氣無力。

狼人少女如今已不再是半獸人的外貌，而是焦糖色皮膚的人類身姿。她讓伊莉莎白吸了血，好把魔力集中給他們之中最有力量的成員，但代價就是會因此失去狼人一族強韌的體力，而且會變得相當虛弱。

「本姑娘的狀況好得很，不必你們擔心。」

伊莉莎白說完便飛上了半空，刻意不讓同伴們見到自己擔憂的面容。事實上金髮吸血鬼並非不知道自己的能耐，只是在這種情況下自覺身為體能優異的上族，必須承擔更多的責任。

如果最大限度地節省魔力，就這樣整晚不間斷地維持變身狀態的話，副作用就是到了白天體力會非常差，可是她已經做好了無論再怎麼辛苦也要咬牙撐住的覺悟。不能讓米娜的犧牲白費，不能讓族人殷殷的期盼落空。即使不是有意識地鞭策自己，伊莉莎白也已經在不知不覺中具備了一名領導者所需要的特質。

狠咬著牙，在天空巡弋，在漫天星子的陪伴下，不畏強風，不懼霜寒，直到東方的天空撕開來一線微白，高翔的翅膀才懂得停下。

第四天，終於有了值得高興的事情發生。

「你們快看！」

眾人原本拖著疲憊的腳步，耳中忽然傳來砲灰的大喊。他指著前方，神色興奮。

「嗯哎……」後頭的三名少女累得快睜不開眼睛了，活像是從肺裡吐出最後一口氣般地哀嘆著，完全無法跟上砲灰的活力。

「到底是發生什麼事啊？」

米娜就連說出字句來都很疲勞，毫無興趣地勉強抬起視線。

就在一剎那間，狼人少女彷彿忘記了之前所有的痛苦，倒抽一口氣，接著用力地喊出了喜悅的聲音。

「是湖泊！」

「什麼？」黎雅心和伊莉莎白馬上抬起頭，湛藍的湖水映入眼簾，這幾天來一直積鬱在臉上的陰霾在瞬間一掃而空。

「哇啊啊啊啊，是湖！」

三人不知道是從哪裡生出力氣，眨眼間，已經一口氣衝進了冰涼的湖水中，發出銀鈴般的笑聲。

「哇啊啊，好舒服啊！」

她們迅速地脫掉了鞋子，捲起衣袖跟褲管，把四肢探進清涼的湖水，或是掬起清水大口灌入自己的喉嚨。雖然按照這樣的天氣來看，水溫有些冰冷，但卻能除去身上黏膩的感覺。

「天啊，都不知道有幾天沒洗過澡了。」

黎雅心在意地嗅著自己的身體，不只是衣服和身體，就連頭髮也都沾黏成了一條條的辮子，非常痛苦。無論如何，不能清潔身體對女生而言絕對是一件難以忍受的事情，大家的忍耐早就已經到達極限了。

「不能讓她們自己獨享，韓宇庭，我們也一起上！」

「咦咦，你是說要上什麼啊啊啊啊啊──」

「讓開讓開讓開啊！」

「嗚哇，砲灰！你想幹什麼？」

唰！砲灰拉著韓宇庭向湖泊猛衝而來，接著縱身一躍，兩個人一同跳進了湖裡，濺起大片水花。

「哇哈，好過癮啊！」

「臭砲灰，你在發什麼瘋啊？」被水花潑得滿臉濕漉漉的黎雅心生氣地尖叫。

砲灰痛快地潛進水中，像魚一樣地游來游去，最後俐落地跳上岸。

「這下子順便連衣服一起洗乾淨了，真是一舉兩得。」

「這傢伙，簡直像是颱風一樣……咦，韓宇庭呢？」

另一個人在入水之後就沒見到人了，眾人轉頭搜尋，發現狀況十分不妙。

「完蛋啦，我忘記了他不會游泳！」砲灰大叫。

「真是的，老是給本姑娘添麻煩！」伊莉莎白氣急敗壞地游向韓宇庭，好不容易才把他拉到水面上。

「嗯咳、嗯咳……謝謝妳，伊莉莎白同學。」死裡逃生的韓宇庭全身都在不斷顫抖。

「笨蛋，不會游泳幹嘛還下水？算了，你就在那裡好好幫我們守著衣服，順便恢復一下體溫吧！」

「好、好的……咦，要守著什麼？」

「衣、衣服啦，你是要我講幾次？」伊莉莎白漲紅著臉怒罵道，「太多天沒有好好洗澡了，想、想趁著這個機會放鬆一下不行嗎？」

「當、當然可以！妳、妳們自便吧！」

不知為何，韓宇庭的臉頰也迅速地脹紅了起來。

「韓宇庭，我們能夠信任你吧？」米娜懷疑地問道。

「可別想要偷看啊！」黎雅心不安地叮嚀道。

「看了就殺死你！」伊莉莎白露出尖銳的牙齒恐嚇道。

「我背對妳們，絕對不會偷看的。」韓宇庭慌忙地叫著，真的閉上眼睛轉過了身。

因為閉上眼睛而變得更加靈敏的耳朵，不斷聽見某種東西摩擦的細微聲響，短暫的靜謐過後，韓宇庭忍不住張開眼簾，卻發現身旁堆放著一堆女性的貼身衣物，嚇得趕緊再度閉上雙眼。

背後的湖泊傳來水花聲，風中隱約傳遞著三位少女所發出的愉悅嘆息。在黑暗的世界裡，這些聲音都變得更為仔細清楚，聽得韓宇庭渾身酥癢，心亂如麻。

某種物體脫離水面後的聲音。

腳步聲和摩擦著青草的聲音。

身旁的某樣物體被拿起來聲音。

然後是伊莉莎白的說話聲。

「好啦，你現在可以睜開眼睛了吧！」

韓宇庭睜開雙眼，看見三名少女都已經穿上了衣著，臉和頭髮上都散發著水光。

「真虧你能夠一直遵守諾言呢，韓宇庭。」米娜佩服地說道。

「咦，不過你的臉色怎麼這麼紅？」黎雅心擔心地問道。

「這、這個……沒什麼啦，可能只是曬得中暑了。我、我去看看砲灰怎麼樣了！」為了不被瞧見自己的羞赧，韓宇庭一溜煙地爬了起來，從原處跑開。

不過說起來，砲灰跑去弄乾身體也有一陣子了，究竟是跑去哪裡鬼混了呢？

結果他在湖泊不遠處發現了蹲伏在草叢中的砲灰。

「喂，砲灰！」

「噓！韓宇庭，小聲一點。」砲灰急忙豎起了食指壓在唇上，「過來我這邊。」

「怎麼了嗎？」韓宇庭一頭霧水地趴到一旁，順著好友的視線往前看。

前方雜草較為低矮的區塊間，有一隻乳白色的小型生物。

「那、那不是兔子嗎？」那就是魔法世界的兔子嗎？長得和韓宇庭所知道的兔子非常相像，唯一的不同點是，魔法世界的兔子居然還長了一對鹿角。

「你們在看什麼？」

「哇、哇啊！噓、噓！」

「吵死了，噓什麼噓啊，你們比我還大聲咧！」伊莉莎白強行擠到兩人身邊，「咦，這裡有隻兔子！」

「兔兔兔兔兔子？」黎雅心嚇得縮起了肩膀，「那不是九尾小姐所說的高原上最可怕的怪物嗎！牠會不會把我們吃了？」

「不可能的吧，妳看，牠不是正在那裡乖乖吃草嗎？九尾小姐一定只是嚇唬我們而已。」

韓宇庭這麼一說完，黎雅心也就安心了下來，和大家一起欣賞鹿角兔優閒吃草的模樣。

「怎麼樣，要把牠抓來吃掉嗎？」

「吃吃吃吃掉？」眾人驚駭地望著忽然神來一筆的米娜。

「米娜妳在說什麼啊，牠那麼可愛，妳怎麼忍心說得出這種話？」

「但是，大家不都已經吃了好幾天的乾糧了嗎，我看你們一直盯著牠，還以為你們想換換口味。」

「這怎麼可能！」黎雅心激動得放聲高喊，驚動了草叢中的小生物。

鹿角兔擺出警戒的神態，停下吃草，像石化般地僵固在那兒。

「糟糕了，雅心妳嚇到牠了啦！」

「嗚，我怎麼知道？」

只不過，鹿角兔警戒的對象似乎另有其人，只見牠專注地嗅聞著空氣中的味道，忽然眼中流露出驚恐的神色。

「咆嗚！」

「嗚哇啊啊啊啊——」

眾人無不掩起耳朵，被震得東倒西歪。完全沒料到小小一隻兔子居然能夠發出如此巨大的吼叫聲，簡直就像是晴天霹靂一樣。一眨眼間，鹿角兔便鑽入了草叢中不知去向。

韓宇庭按著發痛的腦袋從地上起身，卻發現身旁的草木好像仍舊在不斷地搖晃，看上去就好像有人躲藏在草叢後面……

有人躲藏在草叢後面？

「小心！」

咻的一聲，一根長矛釘在韓宇庭原先的位置，還好伊莉莎白拉了他一把，恰好躲過，不過也嚇得臉色刷白。

「有敵人！可惡，為什麼我沒有偵測到魔力？」

同一時間長草叢被撥開，跳出了許多怪模怪樣的生物。

「嘎啊啊啊啊啊！」

突然跳出來的不速之客同樣按著腦袋，大概也是被鹿角兔吼得頭暈腦脹，卻不忘舉起手上的長矛對準五人。這些怪客披著簡陋的獸皮，頭髮粗糙得像麻繩一樣，皮膚黝黑，但最令人驚訝的則是下半身，居然是蛇類的身軀。

「是拉彌亞族的原住民！」

難怪伊莉莎白沒辦法用魔力偵測術察覺，這種半蛇人族雖然智力低下，卻擁有特殊的本領，能夠點滴不剩地消除自己的魔力氣息，就連龍也偵測不了。

「嘎啊啊啊！」

四面八方都出現了更多拉彌亞，把他們團團包圍了起來，步步進逼。更糟糕的是，每隻拉彌亞都全副武裝，看起來來意不善。韓宇庭他們背靠著背，驚恐地看著這群敵人。

為首的拉彌亞指著他們嘰哩咕嚕地說了一大堆讓人聽不懂的話語。

「他在說什麼？」

「不、不知道，這些原住民不會說智慧種族通用語，無法溝通。」米娜緊張地咬著嘴唇，「不過看起來是想要把我們吃掉。」

「吃、吃掉？」砲灰驚恐地抓著黎雅心不停搖晃，「雅、雅心，快點想想辦法啊！」

「臭砲灰，這時候我有什麼辦法？」

「妳和他們不是同族嗎？」

「我、我只是拉彌亞混血，而且我也從來沒見過魔法世界的族人啊！」

「不管啦，妳不試試看，等等我們都要手牽手一起上人家的餐桌啦！」

「嗚哇，你少烏鴉嘴！」黎雅心在百般慌亂之中扯開了裙子，努力地集中精神，「喝啊！」

混血少女迅速地恢復了拉彌亞族的外表，試著和眼前的同胞對話。

「唔……該怎麼說才好？請、請不要傷害我們，這些是我的朋友，They are my friends……呀啊！」

半拉彌亞少女話還沒說完便遭到了無數長矛迎頭招呼，這些血統純正的拉彌亞族根本就沒把她當作同伴，要不是黎雅心閃躲得快，她的下場就不是蛇而是變成渾身插滿利器的刺蝟了。

伊莉莎白憤怒不已地開口：「這些拉彌亞族，真是欺人太甚！不管現在是不是白天了，看本姑娘變身打跑他們！」

孤注一擲的金髮吸血鬼瞬間展翅，想要飛上半空，可是為首的拉彌亞動作同樣很快。

「呃啊！」

拉彌亞族投擲出去的長矛擦過了吸血鬼的身體，伊莉莎白大叫一聲墜落在地，米娜倉皇地衝過去把她扶起。「伊莉莎白！」

伊莉莎白的臉上毫無血色，咬緊牙關，雙眼緊閉。

「糟糕了，長矛上有毒！」

吸血鬼臂膀上流出了帶有腥味的黑色鮮血，雖然變身之後的吸血鬼擁有很強的自癒力，但是一時半刻也無法清醒。

「你、你們不要過來啊！」

解決了實力最強的吸血鬼，拉彌亞族的包圍圈此刻更加收攏，韓宇庭、砲灰兩人赤手空拳地擋在女伴們的前方，兩腿卻不聽使喚地拚命顫抖。

「韓、韓宇庭，現在該怎麼辦？」

「我哪知道啊？」韓宇庭哭喪著臉回答。他完全想不到居然會碰上這種危機，前頭有張牙舞爪的拉彌亞，後面有虎視眈眈的金龍，這下子不管向前向後，都會落得屍骨無存的下場……

咦，等等，金、金龍？

韓宇庭和砲灰對望了一眼，顯然對方也有著相同的疑惑。

他們兩人同時轉頭向後，不知何時竟然出現了一條一臉平靜地俯望著拉彌亞族和自己的金色巨龍。

拉彌亞族也是驚訝得不得了，張開嘴巴流出了長長的口水，抬頭看著身姿偉岸的巨大生物。

金龍緩緩邁開了腳步，穿過韓宇庭等一行人，來到蛇人族的面前，然後張嘴嘰哩咕嚕地向拉彌亞首領說了一些話。拉彌亞族全體扔下了武器，開始對著金龍虔誠地膜拜起來，但就在行禮致意的同時，首領也激烈地回應著牠。

「那邊那位狼人族的小姑娘。」

「咦，您、您叫我嗎？」米娜驚訝地指著自己。

「我受他人的請託，不能讓各位在此被拉彌亞族所害，但拉彌亞族亦是為了延續族群生命不得已必須狩獵以求存活，我請他們看在我的面子上不再刁難諸位，卻也必須有所回報，就請妳將手中所有的糧食都交給他們吧！」

「但、但是沒了這些食物，我們接下來的旅程該怎麼辦？」

「你們的旅程業已告一段落，接下來也用不到這些食物了。」

米娜只好依照金龍的指示，將整袋的糧食通通交給了拉彌亞。得到食物後，心滿意足的蛇人高興地發出了歡呼，不一會兒便全部消失在草叢中了。

「呼，還好這次是有驚無險。」鬆口氣下來的砲灰，才剛露出一副劫後餘生的表情輕撫胸口，卻又馬上尖叫出來。「嗚哇呀！」

金龍的眼尖和牙齒忽然出現在眼前，嚇得砲灰一屁股坐倒在地。金龍彎下細長的脖頸，仔細地在韓宇庭和砲灰兩人間打量。「你們之中是否有一位叫做韓宇庭的人類？」

「嗚喔，哇呀，拜託別吃我，我的肉很臭，很不好吃的啊！」

金龍疑惑地看向反應誇張地在地上亂扭著的砲灰，「放心吧，我並沒有打算吃你們。」

比較習慣和巨龍應對的韓宇庭吞了吞口水，稍微站前了一步，舉起手來回答，「我就是韓宇庭。」

「原來是你，果然正如傳言，是個一點也不害怕我族的孩子。」金龍滿意地說道，「我的名字是金尾，受到銀鱗之託，要將各位送到應該前往的地方。」

「您說是銀鱗的託付？」韓宇庭歪著頭，「銀鱗現在還好嗎？」

「我想牠應該過得還不錯。」

「那、那麼……」

「且慢。」韓宇庭雖然還想要繼續發問，但卻被金龍制止，「我能理解你應該有滿腹的疑問，但一切都將在這趟旅程後得到解答。時間緊迫，我們還是盡快出發吧，否則就要趕不上黑羽甦醒的時間了。」

韓宇庭雖然不明就裡，但也只好從善如流地點點頭，「好吧。」

「那我們立即動身……各位上來吧！」

韓宇庭他們還沒有領略到這句話的意思，金龍便舒張臂爪，將五個人同時撈起。翅膀張開的那一剎那，巨龍便如一道金色閃電，迅雷不及掩耳地衝上了天空。

金龍以超乎想像的速度掠過天空，化為空中殘留的一抹餘影，底下的景物轉瞬間消失在視界的盡頭。爪間有著魔法的力量為他們提供溫暖，同時阻禦高速飛行時所承受的強風，雖然無法自由伸展軀體是一個缺點，但在高空之中也不必有任何的顧慮，搭乘起來就像頭等艙一樣地舒適。只花了短短的一個下午，他們便飛過了一整個高原。

「我們到了。」金尾說道。

牠緩緩降落，距離地面兩、三公尺時便鬆開爪子，將韓宇庭他們放下，接著優雅地收起翅膀，踏落地面，「噗」的一聲把叼在嘴裡的砲灰吐了出來。

「嗚哇呀啊——」砲灰甫一著地便接連在地上翻滾了幾圈，好不容易才爬了起來。

「抗議，我要抗議！為什麼其他人都可以坐在爪子上，只有我要坐在龍的嘴巴裡？」

金尾好笑地回答：「因為我只有四隻爪子，而你們有五個人啊，不是嗎？」

「嗚！但是，應該還是有其他的辦法吧？坐在嘴巴裡……真的超級恐怖的！」

「哎呀，請你稍微體諒，畢竟龍也需要進食。若是攜帶著五個人做這麼長途的飛行，難免會感到肚子餓，這也是無可厚非的啊！」

「嗚哇，難道你把我當作緊急備糧了嗎？」

砲灰緊接著一個驚嚇萬分的表情，倒栽蔥地摔到了地上，逗得金尾哈哈大笑。

「啊哈哈哈……銀鱗說的真是不錯，跟你們這些小傢伙交談實在很有意思，難怪牠會這麼中意你們，人類。」金尾的笑聲有若洪鐘，「放輕鬆點，小傢伙，我不會吃你們的。」

「我們可笑不出來吶，金尾。」

「哦，小吸血鬼，妳看起來怒氣沖沖的呢？」金尾柔軟地望著伊莉莎白。

金髮吸血鬼看起來也是一副害怕得不得了的模樣，但仍舊鼓起了勇氣大聲問道，「您知道因為龍族奪走了所有的魔力，導致現在傳送門無法開啟，我有大量的族人沒辦法離開魔法世界嗎？」

「我知道。」

「既然您知道，那可不可以請您給我一個能夠讓人滿意的理由呢？」

「小姑娘啊，接下來妳該不會是要說，要請龍族對此負起責任吧？」金尾露出為難的表情，無奈地搖了搖頭，「那是不可能的，我並沒有這麼大的力量，而且這項行動是九龍議會的共識，不是我一條老龍可以隨意反對的啊！」

「你這是什麼意思？」

「也許我說得不夠清楚了點，但是世上的事本來就很難說得清呀！妳何不妨先稍微平靜下來，聽完我接下來要說的事呢？」

金尾傳遞出了堅定的拒絕訊息，縱使伊莉莎白不太高興卻也無可奈何。

「韓宇庭。」

「是、是的。」

「噢，你不必緊張，我只是有點感嘆而已。你所要擔負的任務可不輕鬆啊，就連智慧種族的大事也落到了你身上，所以，謹慎地提問吧！你接下來從我這裡所獲得的資訊，或許將會大大地對你有所幫助。」

「咦，提問？」

「是的。」金龍點點頭，「我是金尾，九龍之中天際第一高飛者，對龍伸出援手之龍。我察覺到銀鱗的困境而伸出了援手，銀鱗似乎把希望都寄託在你們身上了。」

「……金尾。」韓宇庭不安地開了口，「關於您剛才所說，是銀鱗託付您來找我們的，又說牠現在遇到了困境……銀鱗安排我們到這裡來，到底是為了什麼呢？」

「韓宇庭，這個問題你恐怕得自己去問銀鱗了。」金尾凝視著略感徬徨的韓宇庭，慢條斯理地開口，

「銀鱗只有請託我將你們安然地帶到此處，至於你們接下來又會選擇何種行動，那便是牠押在你們身上的賭注。」

賭注？在困境之後，金尾又用了這個令人在意不已的用詞，大大地挑起了韓宇庭內心的敏感神經。

「這個，我想請問銀鱗究竟是遇到了什麼麻煩？」

「問得好，韓宇庭，麻煩你們先朝前看吧！」

韓宇庭等人順著金尾的話語，初次將視線投向了遠方。

「這裡是卡拉阿希特高原的最北端，若再往前，就會進入九龍聚會之地——龍之聖所。」

金尾輕輕抬起翅翼，高原邊緣之處是渺遠無際的下傾斜坡，覆蓋色澤清冷的葉草，延伸入寬闊巨大的谷地。谷中雲霧飄渺，隱約可見數根巨大高聳的石柱，每根石柱都閃爍著顏色不同的光芒。

「有一條你認識的龍族，現在就在龍之聖所的深山中等待蛻變。」

「龍羽黑？」韓宇庭大叫出來。

「我不清楚牠在人類世界的名字，在這裡，牠真正的名字叫做黑羽，是肩負著重責大任的我族成員。」

「黑羽？蛻變？」韓宇庭咬著嘴唇問道，「難道指的是她的成年禮嗎？」

「成年禮嗎？哦哦，好像也可以這樣子說吧！」金尾晃了晃頭顱，「但是解開封印繼承黑龍之力這件事，事實上與年齡無關。一旦成為九龍，黑羽就能獲得龍族傳承千萬年的智慧與力量，得到參加九龍會議的資格。

「九龍會議是代代相傳，用以決定龍族事務的最高機構。繼承了龍族最深奧神祕的力量的九條龍，在漫長的時間中偶一相聚，但每次聚會無不都是為了解決最困難的問題，這次也不例外。」

「龍族遇到了什麼問題呢？」韓宇庭困惑地眨了眨眼。

「一個困擾我們很久的問題。」金尾平淡地說道，「我們將討論決定是否該放棄魔法世界，拋棄這個已經沒有未來的地方，另覓合適的家園。」

「這怎麼可以？」接續在金尾話語之後的是伊莉莎白的怒吼，「如果你們龍族拋下了這個世界，不就等於把我們智慧種族留在這裡等死嗎？這種事情我無法接受！」

「我知道妳肯定無法接受，但，請去向九龍會議說吧！」金尾同情地說道。

「慢、慢著。」韓宇庭趕緊抓住了快暴走的伊莉莎白，追問金尾，「但我還是不明白，黑羽和這次的事情又有什麼關係呢？」

「一直以來，黑龍都是九龍發生爭議之時最後的仲裁者，因為九龍會議通常都是以四票對四票的情形作結。」金尾垂下視線，聲音中充滿感嘆。

「上一代的黑龍因為擔心這次討論的思慮不夠謹慎，特意指定一條初生的幼龍作為繼承者，藉以歸零自己的立場與偏見。」

「如果是龍同學的話，她一定不會眼睜睜地看著龍族做出那樣自私的決斷。」

「你對你的朋友充滿信心，這樣很好，但是韓宇庭，你恐怕不曉得，繼承黑龍力量是一件非同小可的事情。黑龍之力是千萬年來所有適任者精神與意志的匯聚，幼龍承受了這麼強大的力量，是否還能夠維持住本身的人格呢？」

「您、您說什麼？」韓宇庭慌張地眨了眨眼，「維持不住的話會怎麼樣嗎？」

「不會怎樣。我們所有人都是接受了無數的資訊，經過綿長的思考，才會成為自己的樣子。假如在極短的時間內用無窮無盡的智慧來沖刷，黑龍也會雕塑出屬於牠自己的人格，只不過，屆時幼龍的自我恐怕早已消失殆盡，牠就不會再是你所認識的那位朋友了。」

韓宇庭的臉色頓時刷白，「不，我不能讓這種事情發生！金尾，難道就沒有辦法阻止嗎？」

「如果你能在幼龍本身的靈魂上留下強烈的印記，強得足以抗衡萬千年來歷代黑龍所留下的影響，那麼或許在傳承開始時，黑羽依舊能保住自身的心智。」金尾淺笑起來。

「這就是銀鱗所下的賭注了，你是否能夠真的保住現在這個黑羽，不讓黑羽成為另一個黑羽呢？」

話語甫落，金龍昂首發出了激烈的長嘯聲，強烈的音波讓韓宇庭等人差點受不了，眼前一花，回過神時卻發現眾人已身處在一座高聳的石柱前方。

石柱參天入雲，直徑粗得像小山一樣，山腳有一條螺旋狀的小徑。

金龍站在他們的身後，「運用你的意志力爬上去吧，韓宇庭，幼龍就在這座柱子的頂端，好好把握時間。當然你也可以隨時放棄，只要呼喚我，隨時都能離開。」

「我不會放棄的，金尾！在這裡遲疑的每一秒鐘，羽黑都會漸漸變得不是她自己，所以，無論多麼艱難我都會堅持下去。」韓宇庭堅定地大聲喊道。

金尾微微一笑，不再回應。

面對著這座高得令人絕望的石柱之山，韓宇庭抬起頭來，看見它的頂端只有針尖般的大小。

「銀鱗只有指定要我帶韓宇庭來這兒，至於其他的人，需要我帶你們去安全的地方嗎？」金尾問道。

砲灰望了望周圍的夥伴們。

「我們該怎麼辦？」

「還要問怎麼辦嗎，當然是爬啊！」

「嗯，要爬！」

伊莉莎白和黎雅心毫不猶豫地回答。

「這可不只是韓宇庭一個人的事，也攸關全世界的智慧種族。」伊莉莎白堅定地說道，「本姑娘的朋友和族人，我一個人也不會失去！」

「伊莉莎白要去的地方，也就是我要去的地方。」米娜說道。

「我知道了啦！」砲灰嘆了口氣，「就當作是做運動吧，可惡！」

「不管韓宇庭你要去哪裡，我都會跟上去的。」黎雅心咬了咬嘴唇，最後奮力大喊，「何況……何況我也是真的想救羽黑啊！」

「大家……」韓宇庭吃驚地望著所有人，滿懷感激地不停點頭，「謝謝你們……」

「哈哈哈……原來如此。」金尾放聲大笑，「難怪銀鱗會將希望託付給你們啊，我在你們身上看見了超越龍族想像的希望與力量。去吧，年輕的種族們，去為了你們的未來和朋友奮戰吧！」

在金龍的大笑聲中，五條小小的身影，勇往直前地衝上了蜿蜒的斜坡。

時間回溯到四條巨龍襲擊探險隊營地的那一晚。

流淌在地上的岩漿散發著鮮明的紅光，照得夜晚的天空像是正火紅地燃燒。

不斷盤旋在天際的銀龍宛如割開夜晚的流星，而紅龍則在四位族長的眼前，傲慢地盤踞在火焰之中。

「哇哈哈哈哈……」

大笑聲中，紅龍振翼，搧得熔岩之上的火光更加明亮。

「相逢幸甚，我乃炎之主埃圖奈斯山之王——赤牙。」

「炎之主啊，我是吸血鬼族的族長——德古拉。」德古拉踏步向前，無視紅龍凶暴的威勢，不亢不卑地開口，「偉大的龍族，為什麼要在三更半夜裡無緣無故前來攻擊我們？」

「攻擊？也罷，這只不過是來向各位打聲招呼而已。」赤牙絲毫不將德古拉放在眼內，抬起下巴說道，「我們彼此都不希望將事情鬧得複雜，各位交出身上所有的魔力，龍族就不再繼續為難。」

「我有沒有聽錯？堂堂龍族什麼時候變成了寡廉鮮恥的土匪強盜？」

「居然說我們是土匪強盜？哈哈哈，吸血鬼啊，你還真是名副其實。也不摸摸鼻子想想，你們這些低下種族千百年來所使用的魔力，原本是屬於哪一族的東西？如今我們有需要就將它收回，難道還要經過你們的同意嗎？」

「哼！我們長久以來不斷運用魔力創造自己的文明，豈是你說奪走就能奪走？如果不能保護族民和我族的財產，又算得上是什麼族長？」

「這麼說來，你們是打算向我們發起挑戰嗎？哇哈哈哈……」赤牙咧嘴嘲笑道。

「正是如此！」

「螳臂擋車！」赤牙怒吼，「愚蠢也該有個限度，區區下族也以為自己擁有與龍較量的能耐嗎？」

「現在已經不是龍代了。如果你以為我們還像千百年前一樣軟弱，吃虧的可是自己啊，巨龍。」德古拉冷酷無情地瞇起了雙眼。

「哇哈，哇哈哈哈——有意思，那就開戰，開戰，開戰吧！哈哈哈哈——」

紅龍的笑聲尚未結束突然戛然中止，薩麥爾飛身暴起，一拳將牠整個打進了地面。

巨大的地穴深得看不到底部，赤牙憤怒而狂暴的嘶吼聲從深處竄出，薩麥爾一語不發，緊接著衝入了地洞。打擊聲、怒吼交織連綿，為戰鬥開啟序曲。

德古拉念動咒語，一時流動在大地上的岩漿頃刻凍結，吸血鬼族長拉開了喉嚨大喊：「預備已久的魔力就是為了這個時刻，不要以為我們毫無還手之力！」

同時，米迦勒於眨眼間迅速衝向了數百公尺外的一座小丘，小丘上的觀察者訝異地看著突然出現在自己眼前的次天使族長。

「嗚喔！」

「我從最一開始就盯上你了，你是何方神聖？」

小山丘禁不住高速衝擊帶來的巨大破壞力，瞬間粉碎，綠鱗蜥蜴人雖然以狼狽的姿態勉強逃到了空中，卻逃不過米迦勒的追擊。

「想在天空中逃過我嗎？真是可笑！」米迦勒說道。

蜥蜴人舉起手杖保護自己的頭部，卻無法完全擋下他快如閃電般的進攻。

「好快！」

「哼，在天空中，就算是龍的速度也別想及得上我。就讓你好好見識一下六翼的米迦勒的厲害！」

蜥蜴人望見米迦勒背上的變化，不由得大驚失色。

「那、那是三對翅膀嗎？」

在所有智慧種族中，次天使族是唯一不需變身，便擁有常態飛行能力的種族，他們也一直為此自豪。可雖然礙於體型和翅翼的大小，次天使族飛行的高度不高，速度也比不上真正以天空為家的小鳥。可是，這樣的常識，並不適用於以「米迦勒」為名的這位族長身上。

「只有飛得最快、最久、最高，力量最強大的次天使，才能擔負起米迦勒這個名號！」

並不單單只是過著紙醉金迷的大明星生活，這名次天使是千百年來，一族中最天賦異稟的奇才。

另一邊，德古拉張開蝙蝠般的翅翼，身形就像羽箭一般地衝向了天空。

「吸血鬼族長德古拉？久違了。」盤旋在天空中的銀色巨龍訝異地說道，「在你面前的我乃是風之主卡拉阿希特領主銀鱗。如果可以，我還真不想在這種情況下與你作戰，尊敬的族長。」

「銀鱗！」德古拉懷著沉重的決心頷首，「是你們將我們逼到這種地步的，作為族長，我們必須保護我們的族人！」

「你什麼也保護不了，正如你們過去持續不斷地做錯事情一樣。」銀鱗悲傷地說道，「可敬的德古拉，難道日前的挫敗還不能讓你體會到即便是上族之主，與巨龍之間的差異有多巨大嗎？」

「我承認那時候我是輸了……但可別忘了，我們並沒有真正地較量過力量。」德古拉散發著凶狠的氣勢大喊，「妳應該怨恨現在是夜晚。」

「哦？」

「我的力量將比白天更為強大！」德古拉迅速地從懷中掏出了一個豔紅色的小瓶，「所有人一直以為德古拉是唯一一名能在白晝中保持變身的吸血鬼，卻從來沒有領略隱藏在其中的真正事實——那就是如果我再變身一次！」

德古拉瞬間破壞了小瓶，將裡面的鮮血咕嘟灌進喉裡。

猛一眨眼，吸血鬼族長突然出現銀鱗的面前，伸掌抵住巨龍的額間。

傾注全力的魔法，毫不容情地爆開。

「好了，現在只剩下妳啦！」

唯一還留在原地的九尾撥撥頭髮，冷酷地望著她所應對的那名對手。

不知何時出現在昏暗夜色裡頭的妖狐族女子，帶著平靜的神情。

「確實只剩下我們倆了呢！」橙髮妖狐族的語氣，就像在與九尾閒聊著天氣那般平淡，「那，我們要怎麼分出勝負呢？我不喜歡無謂的爭鬥，寧可將時間用來鑽研無窮無盡的知識。妳能不能乖乖獻出體內的魔力，這樣彼此皆大歡喜？」

「嗚哇，真是幽默，不過我可笑不出來啊！」九尾勾勾嘴角，一副不知道該不該笑的困擾表情，實際上則是謹慎地觀察對方的狀況。「即使處於變身的型態，魔力量依然是我們的好幾倍……真不愧是龍。」

九尾咂了咂嘴，「但是啊……挑到我作為對手是妳的不幸。」

九尾熟知這世界上全部的魔法理論。以變身魔法化身為其他型態時，無論本體的力量多強，也會受限於變身後的形體而大幅減弱，這個道理就像是無論變形以前有多麼強大，變形過後的小螞蟻也不可能就此打得過貓咪一樣。

「小看了我們可是會吃上大虧的喔，即使妳是巨龍也一樣！」

在對方還來不及反應以前，九尾便迅速而正確地完成了手印和魔法的詠唱。

一顆散發著微光的圓圈瞬間籠罩了妖狐族女子，猛地壓縮，將雙眼瞪大的對手連一聲慘叫的機會都沒有，就這樣化為虛無，戰鬥在眨眼之間結束。

「算妳倒楣，古代的魔法師們用以對付龍的禁術，雖然現在都已經失傳了，但是其中有一種魔法，全天下就只有我一個人會使用。」

這就是世上絕無僅有，唯一一名將橙舌大圖書館裡頭所有藏書全部讀完，日後繼承九尾之名號的那位天才少女所隱藏的最後王牌。

「該去支援其他人了。」九尾心滿意足地跨出步伐，卻在瞬間僵住。

「這、這是……」

她發現自己居然也被籠罩在一模一樣的魔法之中。

「妳居然能夠施展出那種魔法，真是了不起。但是『七祕法』中的所有法術，我全部都會用。」

對方的聲音淡淡地傳來，光圈沒有收縮，看來對方並不想置她於死地。

九尾慌亂地左顧右盼，光圈之外，四面八方陸續地展現著無數光怪陸離的魔法。看見了這幅光景，九尾完全失去了求勝的念頭。

橙髮妖狐女子解除了光圈，從容不迫地在九尾面前現身。

妖狐族長癱軟坐倒在地，不停地喃喃念著：「為什麼……我的計算會錯誤……我、我不可能會輸的啊，我……」

她的對手困擾地搔了搔頭。「聽說妳讀完了我圖書館裡的所有藏書？」

「為什……等等，妳說什麼，妳的……？」

「啊，我忘了自我介紹，真是失禮。」

橙髮女子歉意地彎了彎腰，接著形貌開始變化，一條覆滿橙鱗的巨龍在九尾的面前，俯視著她。

「在妳面前的我名為橙舌，號稱大圖書館的守護者，永恆智慧的引領人。」

「什、什麼？」

九尾驚訝得根本閉不上嘴巴。該死，早在她開口說話時就應該猜到的！

「在這個魔法世界中沒有我不知道的事。妖狐族的小女孩，我知道妳在繼承九尾名號前的真名；我知道妳在何時踏進我的圖書館，又在何時離開；我知道妳最喜歡的書是哪一本；我還知道妳的初戀並不是同族的男性，而是翼魔族的薩……」

「等一下！我認輸，我認輸！」九尾慌忙地大叫，「不要說出來，拜託妳，我認輸就是了！」

「這是……怎麼一回事？」米迦勒驚訝地大叫。

本以為十拿九穩的攻擊，卻只擊中了綠鱗蜥蜴人的手杖，那個傢伙到哪裡去了？

「真是的，你讓我不得不變身成這個非常厭惡的形貌啊！」

聲音就在自己的身後！米迦勒急忙轉過身，卻猛地被一股巨大的力量擊中，上下左右都是快得讓他無法看清的影子。

比自己更快！這怎麼可能？

「哇啊！」米迦勒中了一拳，正在高速往下墜。這時，對方的形影這時才真正地進入眼裡，次天使族長驚訝得五官扭曲。「你怎麼能變成傳說中的八翼次天使？呃啊！」

背部感受到的強烈衝擊使得他再也說不出話來。

「因為我曾經見過現在已經滅絕的古代八翼皇族的模樣。」

有著四對翅翼的次天使化為一道模糊不清的幻影，隨後變身為有著綠鱗的巨龍。牠的巨爪壓住米迦勒的胸膛，嫌惡地說道：「我的名字叫做綠爪，在所有智慧種族對我的別稱中，我最喜歡孤塔大賢者和卡普萊恩沼澤公爵這兩個稱號，它們都是魔法世界史上最大的次天使王國送給我的。當時的國王名字叫做加百列，最後這個王國因為不聽我的勸告，在一夕之間被藍龍滅國。想不到過了一千多年，你們這支種族仍是絲毫沒有長進。」

德古拉發出痛苦的嘶吼，他被銀鱗緊緊地握在爪中，雖然一開始就直接給了對方最大的一記傷害，但是巨龍身上的鱗甲照樣光潔，看不出有一點損傷。

「已經說過了，你們不是我們的對手。如今落得全軍覆沒了，多可悲？」

「銀、銀鱗！」德古拉使盡了全身的力氣高喊，「回答我，為什麼要搶奪智慧種族的魔力？」

「因為我們需要啊！」銀鱗事不關己地說道。

「這、這就是妳的回答嗎？但是你們又可曾考慮過我們？」

「考慮了又如何，你們算什麼東西？」

「妳、妳說什麼？」德古拉不可置信地瞪大了眼睛，「不就是妳教導我收起傲慢之心，體察弱小者的心情嗎，為什麼現在卻用暴力給了我這種答覆？自私的龍啊，妳的行為，和以前的上族有什麼不同？」

「啊！當然有著很大的不同。」銀鱗收緊手爪，逼迫出德古拉肺裡頭所有的空氣，「不同之處在於，當上族犯錯時，我們龍族可以糾正你們，但是當我們龍族做出無理事情時，沒有人能夠制裁得了我們。」

銀鱗的聲音非常柔軟，聽起來十分憂傷。

「正如你所言，我是一條自私且傲慢的龍，但是這樣的我卻又教人無可奈何。因為啊，德古拉，在這個世上力量就是真理，所以無論我們多麼恣意妄為，也永遠不會得到懲罰。」

轟隆一聲，九尾詫異地看著地面上噴出火焰，一道身影從裡面頹然飛出。

「薩麥爾！」

「哇哈哈哈……不必擔心。他沒有死，膽敢正面向我挑戰的戰士，千百年來難得遇到一個。」

赤牙追隨在如火山爆發的岩漿之後，抖了抖身，毫髮無傷地回到地面。

「……連我們之中實力最強的薩麥爾都敗下陣了，難道已經毫無辦法了嗎？」

九尾的面孔絕望地扭曲。看見從天際落下的銀龍與綠龍，各自帶著不省人事的德古拉和米迦勒，她的心沉到了谷底。

「來聆聽審判吧，智慧種族們！」銀龍冷靜地開口說道。

「審判？」

「對你們的審判，對一切智慧種族的審判！九龍會議即將召開，在那裡即將決定魔法世界的未來，身為受到影響所及的族類代表，你們應該到那裡，試圖改變你們的命運。」

「把他們都帶走！」赤牙喊道。

橙舌的巨爪猝然攫向九尾，將她的意識掃入了深沉的黑暗。

八、九龍會議

費盡千辛萬苦，他們好不容易爬上了高聳石柱的頂端，轉眼間就連山谷中飄浮的雲霧都化為了腳下的風景，但是他們已經完全沒有力氣去欣賞了，所有人都累得直接趴倒在地上。

韓宇庭也是走了沒幾步路，就跌在山洞前方。用盡了所有力量，別說站起，就連只是把上半身撐起來都很困難，渾身沒有一處不在疼痛，肺裡頭的空氣像是只出不進，視線變得越來越模糊。

「是誰在那裡？」

迷迷茫茫中，聽到了清脆的少女聲音，不過，難道這只是幻覺嗎？這個聲音分明就是龍羽黑的聲音，但是聽起來這麼真切……龍同學怎麼可能這麼恰好就在眼前呢，這果然是幻覺吧！

「韓宇庭？呃……還有……伊莉莎白、米娜、雅心，砲灰。你們怎麼都在這裡？」

韓宇庭勉強地抬起頭，發現屈膝站在眼前的那人，不正是自己朝思暮想的龍羽黑？

龍羽黑微微張著嘴，似乎覺得驚訝，復又顯得茫然，一副還搞不清楚事態的樣子。

「咦，真的是妳嗎？羽黑……」

韓宇庭伸出手，以為幻影便會就此被撥碎。

但是眼前的黑髮少女不但沒有破碎，還握起了韓宇庭的手，貼到自己的臉上。

好溫暖。

好柔軟。

是真實的體溫。

手掌心冰涼的感覺使得韓宇庭精神一振，這是活生生的那個人！

「咦！」

「咦什麼咦，這真的是我啦！」

龍羽黑試圖把韓宇庭從地上拉起來，可是失敗了，韓宇庭毫無動彈的力氣，不得已，龍羽黑只好自己坐了下來。

龍羽黑身上的衣袍似乎沾染了主人芳甜的香氣，搔得韓宇庭心癢難耐。

那是一件寬鬆的白色衣物，一種名為佩普洛斯的纏繞式長衫。胸前的衣帶交會處繫上一只龍型的別針，材質似乎是某種貝殼。佩普洛斯在行走時散發出若有若無的珍珠色光彩，猶如飄動的雲霓。

如今的她展現出與在學校時相去甚遠的樣貌，肩上披散黑色的長髮，腳上套著涼鞋，裸露的手臂膀則散發出象牙色的光澤，彷彿古代壁雕中活生生走出來的女神。

「你們怎麼會在這裡？」龍羽黑歪著頭問道。

「嘖，妳要問原因嗎？」體力最好的伊莉莎白最先能夠開口說話，「有大事也有小事吧。」

「我聽不懂。」

「果然是笨蛋龍。」伊莉莎白豎著眉毛說道。

「一見面就想吵架嗎，笨蛋吸血鬼？」

龍羽黑不太高興地噘起了嘴，但似乎捨不得真的和伊莉莎白爭吵。

「哼！妳知不知道我們這趟旅程吃了多少苦？本姑娘暫且不跟妳計較，還是先讓給韓宇庭發揮吧！」

「韓宇庭……」

龍羽黑望向了伏在腳邊的韓宇庭，在片刻休息過後，他已經恢復了一點元氣，慢慢地支起身子。

韓宇庭露出了苦笑，「就像伊莉莎白同學說的，有很多理由……但真要說起來，只是想見妳而已。」

「想見我？」龍羽黑睜大雙眼，彷彿覺得受寵若驚。

「對，只是……覺得很想念妳，所以就來了。」

想不到歷經了千辛萬苦，終於抵達本人的面前，原本藏在心中的無數話語卻在頃刻間煙消雲散，只能夠把此刻的真實心情說出口。

「謝謝，我也很想念你們。」龍羽黑撫著胸口，露出令人心暖的微笑。

「龍……羽黑，妳沒事吧？」

「我沒事呀！」龍羽黑有些訝異地回答，「你為什麼要這麼問？我只不過是有點無聊。自從回來以後老是待在這裡，又沒有人能夠陪我說話，都快悶死啦！」

「看來儀式還沒有開始。」韓宇庭暗暗鬆了一口氣，「羽黑，跟我們一起離開這裡好嗎？」

「咦，為什麼？」

「呃，這是因為……」

龍羽黑澄澈明亮的雙眼，使得韓宇庭想要狠下心把接下來的話說出口時覺得有些困難。

「其實，妳媽媽說的成年禮是一場騙局，當妳解開身上封印時，黑龍的力量會害妳失去現在的自我。」

「騙、騙人！」

「這是真的，妳要相信我們。」黎雅心附和道，「這些全都是金龍告訴我們的。」

「金龍爺爺？」龍羽黑慌慌張張地望著所有人，可是每個人臉上的表情都很認真，「這怎麼可能，媽媽不會這麼做的，是不是，媽媽？」她倉皇地回頭。

「咦？」

眾人這才發先山洞內部站著另一條身影。斜倚在山壁旁，身披華貴的紫色罩袍，面容猶如文藝復興時代的大理石雕般嚴峻的那人，不正是紫睛嗎？

「紫睛女士？」恐懼和驚慌的感覺立刻緊緊攫住了眾人的心臟。

「媽媽，他們說的不是真的吧？」龍羽黑向母親投出了求救般的眼神，希望她能夠毫不猶豫地否認。

紫睛慢慢地挪動腳步，伸手一揮，神奇地恢復了所有人的體力。

「基本上，韓宇庭並沒有說錯。」

紫晴的一句話立刻將龍羽黑的表情完全凍結住，但是她彷彿對女兒此刻的震驚視而不見。

「妳不用擔心，儀式不會害妳失去自我，只是要除去妳身體裡面不必要的情感，使妳不會被這些無聊的事物左右思考。」

「紫晴女士，您怎麼可以說情感是不必要的東西？」韓宇庭喊道。

紫晴只消淡淡地瞥了韓宇庭一眼，強大的龍威就將他整個鎮住。

「龍族擁有幾近無限的壽命，以及超凡入聖的力量，像我們這樣的巨龍，必須謹慎地思考，用合理的目光看待這個世界。下等種族的情感是我們身體之中的雜質，令我們的決斷扭曲，導致不必要的錯誤。」

「媽媽！」龍羽黑大喊，「不是那個樣子的，我很喜歡這些情感。韓宇庭他們來找我，讓我覺得非常高興。」

「黑羽，高興只是妳感官上的錯覺，這種短暫的快樂卻會妨礙妳的理性，我們龍族不需要這樣的東西。一旦解除妳的黑龍封印，妳就會知道和下等種族在一起時的記憶，在長遠的時光中根本不值一提。」

「不，我不要這個樣子！媽媽，既然這樣，我寧可不要解除封印了。我不要變成巨龍！」龍羽黑驚慌地後退。

就在這時，整座山洞忽然猛烈地搖晃了起來，周圍的山壁向外崩塌，紫晴在劇烈的搖晃中大喊：「已經太遲了，黑羽，妳不能拒絕長大。其他巨龍已經將解印所需要的魔力帶回，我們一定要解開黑龍的封印，正式召開九龍會議。」

原先的山洞此時竟然化作一個巨大的平臺，倏來的陽光刺得韓宇庭他們幾乎睜不開眼。

「你們看！」砲灰指著天空大喊。

七條巨龍在天際中張翅翱翔，金銀藍綠紅橙黃，不同的巨龍在日光下反映出不同的耀光。

「來吧，我的同胞們，讓我們一同迎接黑龍回歸的時刻！」恢復為巨龍型態的紫睛朗聲大吼，牠的身形比絕大多數的龍族都還要巨大，散發著不可直視的威儀，「我是紫睛，九龍之后，議會的首席代言人。」

「我是金尾，九龍中天際第一高飛者。」金龍飛得最高，降落下來也最快，牠的體型和紫睛一樣巨大。

「我是赤牙，炎之主也是埃圖奈斯山之王。」紅龍狂暴地降落下來。

「我是銀鱗，風之主也是卡拉阿希特領主。」銀龍冷靜地降落了。

「我是藍翼，擁有七海龍主暨御浪者的別名。」藍龍降落下來，在有著年輕聲音的龍群中，唯有牠的體型及得上紫龍以及金龍。

「我是綠爪，孤塔大賢者暨卡普萊恩沼澤公爵。」綠龍的聲音夾著濃濃的疲憊。

「我是橙舌，大圖書館的守護者和永恆智慧的引領人。」橙龍的聲音帶著滿滿的好奇。

「我是黃背，療護智慧種族與所有生命之龍。」最後一條降落下來的黃龍，發出了柔和又細膩的女性聲音。

八條龍圍成一個圓圈，將不知所措的龍羽黑圍在了裡面。

「父、父親大人？」伊莉莎白訝異地喊道。

隨著橙舌的降落，四名族長也從牠的巨爪中被釋放了出來。四個人看起來都沒有什麼大礙，只是身上多了一點傷，衣服也破破爛爛。

「你們怎麼會在這兒？」

「這句話該是我要問妳的吧，女兒。」

「安靜。」赤牙低聲警告道，「我們即將舉行極為重要的儀式，沒有輪到你們發言時不准講話。」

「真是凶巴巴！」砲灰不識好歹地咋了咋舌，不過也只敢小小聲地抱怨。

「需要的魔力都已經收集齊全了嗎？那麼現在開始解除黑龍的封印吧！」

隨著紫睛的宣告聲，紅銀綠橙四龍各自從口中吐出了四色的光芒，匯聚衝向龍羽黑，龍羽黑全身被包覆在質量驚人的魔力之中，緩緩升向天空。

「呃啊啊啊啊啊——」

從那讓人沒辦法直視的激烈強光之中，傳來了黑髮少女用盡全力的大喊，但那並非痛苦的喊聲。忽然之間，利爪穿破了光環，翅膀切開了空間，尖銳的尾巴刺出了重圍，黑色的巨龍掙開了凝滯的渾沌，破卵而出。

「那、那就是黑龍嗎？」不知道是誰抬起頭來，驚愕地說。

黑龍身上的鱗片，猶如黑曜石般亮得耀眼，最吸引人的是牠的雙翼，並不像其他巨龍一般生長著強韌的皮膜，更像是無數金屬片所集合形成的翅膀。

「難怪牠叫做黑羽。」

回過神來，所有人都是一副望見神明般的敬畏模樣。特別是韓宇庭，胸膛激烈起伏，心情激動萬分，因為這就是龍羽黑真正的樣貌。

黑龍姿態優雅地降至九龍中最後一個空位。

「我是審判者黑羽。我是見證萬事萬物終結，作出最後裁定之龍。」黑羽環視了一圈在場的巨龍，「現在讓我們開始會議吧！」

「自我們龍族開鑿魔法世界開始，智慧種族便一直恬不知恥地寄生其中，這些低下種族擅自竊取龍族的魔力作為己用，不知節制，造成魔法世界的魔力流動失去平衡，產生崩毀的危機。」紫睛率先發言道，「九龍會議將討論龍族今後是否繼續維護魔法世界，或者放棄這裡，另覓家園。」

「我認為這個世界已經被搗亂得太過厲害，智慧種族造成的災難應該讓他們自己去收拾，和龍族無關。」赤牙首先發難。

「我有不同意見。智慧種族從一開始並不清楚世上的魔力循環都是經過巧妙安排的，如果因此怪罪他們，未免不近情理。」銀鱗反駁道。

「即使如此，智慧種族依然不值得原諒。」綠爪搖搖頭說，「龍族過去花在教導他們的時間難道還算少嗎？一旦龍離開，他們隨即又恢復自私愚蠢的本性，爭鬥、奴役、侵占、詐欺……幾千年來無不如此。我認為已經不需要再給智慧種族機會了。」

「但是，縱使是充滿破壞的歷史，這些智慧種族仍然創造了不少可觀的藝術與知識，不是嗎？」橙舌說道。

「我認為值得再給他們一次機會。」金尾說道。

巨龍們就這樣你一言我一語地辯論起來，而身處在一旁的德古拉等人，卻完全沒有插嘴的餘地，面對龍族一副事不關己地談論著魔法世界的生死大題，只能在原地乾著急。

「沒想到龍族對我們的積怨這麼深。」

「這也沒辦法，龍族自古以來就一直是魔法世界的守護者，而我們真的把這個世界弄得太糟了。」薩麥爾後悔地說道。

「現在說這些也沒有用，只能期待日後再慢慢改進。」九尾說道，「依照這個投票態勢看下來，智慧種族存續的機會很大。」

「哦，為什麼呢？」眾人異口同聲地問道。

「因為接下來輪到發言的是黃龍，每本古書和神話裡頭都記載了這是對智慧種族最友善的一條龍。牠一定會選擇拯救我們。」九尾說道。

黃背在眾多智慧種族的期盼下不疾不徐地開了口。

「各位，我放棄智慧種族。」

「什麼？」

黃背朝著發出驚愕喊聲的眾人投去了一個歉疚的眼神，轉過頭來對著其他巨龍說道：「雖然……大家都稱呼我為生命的醫者，可是我要說，智慧種族對這世界的破壞實在太嚴重了。雨林、山脈、海岸，甚至是海底，隨著文明的開發，沒有一處不受到破壞……我雖然努力搶救，但實在已經有心無力。」

「不要自責，黃背，我們都知道妳已經盡力了。」橙舌溫言勸慰著低聲啜泣的黃龍，「現在就只剩下藍翼沒有表示意見了。」

「這個……」一直保持沉默的藍翼為難地沉吟了起來。

「藍翼恐怕是站在贊成放棄這一方的吧！」綠爪說道，「別忘了當年就是牠毀滅了史上最大的智慧種族王國，牠一定對智慧種族深痛惡絕。」

「不，才不是那樣！我知道的，藍翼，你的心中其實非常喜歡智慧種族。」銀鱗略顯焦急地大喊，「不需要猶豫，你大可以正視自己的內心，不要輸給藍龍的暴力天性。」

「銀鱗！」紫睛沉聲喝止，「不許影響其他成員的判斷。」

「本性是沒有辦法更改的，繼承九龍時我們就都知道的。」赤牙說道。

藍翼在龍群的目光中坐立難安，牠躊躇不安地刨動著爪掌，內心正在不斷掙扎，靜謐的空氣中，只能夠聽見牠粗重的喘息。

「我……」最後，牠抬起頭，目光堅定地說道，「我選擇拯救智慧種族。其實自從消滅次天使族的王國之後，我就一直深感懊悔……我不願意再讓悲劇重演，更不願意看見大片的生命就此消逝。」

銀鱗高興得差點就要撲上前去，「你成功了，藍翼！」

「妳太過失態了，銀鱗。」紫睛用嚴厲的眼神制止了得意忘形的銀龍，接著調頭喊道，「藍翼，你居然不是以理性，而是憑感覺來做決定，放任自己受到低下種族的情感影響，簡直令我族蒙羞。」

「我……」藍翼慢慢地低下頭，「我只是相信我內心的判斷。」

「但是九龍議會仍然必須尊重藍翼的選擇。」金尾說道。

「沒錯。」紫睛說道，「現在該我說出自己的想法了。我要在這裡投下贊成的一票。」

「這樣就是四對四。」

「那就和以前一樣，聽從黑龍的想法吧！」

「各位，我能不能有話要說？」韓宇庭實在忍不住了，不禁舉手喊道。

「大膽！」

赤牙朝他咆哮一聲，發出強烈的風壓差點將韓宇庭吹飛平臺。

「九龍討論事情時哪有你們這些下等種族插嘴的餘地？」

「慢著，赤牙，他們好歹也和會議結果息息相關，為何不能讓他們表示意見？」

「銀鱗，妳別太過維護這些傢伙了。我們請紫睛來判斷吧！」

「我允許智慧種族為自己辯解，但只能有一個人代表你們全部發言。」紫睛高傲地說道。

一聽到自己的發言很可能要代表所有的智慧種族，韓宇庭瑟縮了起來。

然而德古拉這時卻推了推他的肩膀，說道：「不必擔心，你就去吧。」

「可是……」

「如果你說錯了什麼話，那也是智慧種族的命運。何況現在只有你有能力影響黑龍了。你不是銀龍所選出來的嗎，要相信龍族的眼光……不，相信自己吧！」

「按照你內心的選擇，韓宇庭。」九尾跟著說道。

「我知道了。」韓宇庭鼓起勇氣，踏步向前。

不知為何，此刻他的心情非常平靜。

九、審判者黑羽

初次踏入龍群的環伺裡，灼灼的目光猶如要將他徹底看穿。韓宇庭深吸了一口氣，朗聲說道：「我想在這裡向各位說明：現在魔法世界和人類世界已經連在一起，人類和智慧種族將會是彼此很棒的導師，我們會互相學習，互相扶持成長，希望各位不要因為智慧種族過去的表現就否定了他們的價值。」

一口氣把話說完，韓宇庭像鬆開來的橡皮筋般垮下了肩膀。抬頭望著九龍，有一些露出了讚許的表情，但仍有一些依然不予認同地別過了頭顱。

而最重要的黑龍則仍舊毫無動靜，沉默地注視著他。

韓宇庭心內暗自緊張，因為他不知道眼前這條黑龍是否有著龍羽黑的精神……還是一條根本陌生的「黑羽」。

「然後……」

他冒險地踏前一步，慢慢地靠向前。

黑羽沒有動作，彷彿也在等待著韓宇庭。

「黑羽……」

「請說吧，韓宇庭。」

「黑羽，妳還記得作為人類時和我們在一起的時光嗎？」眼前黑羽的沉默，令韓宇庭不得不壓下胸中澎湃的感情，「雖然這只是我的盼望，可是我真心希望妳能夠記得。對我而言，我們一起經歷的時間是我最珍貴的寶物，我們一同歡笑也一同苦惱，更是一同成長，今後我也希望能夠和妳……」

他回頭指了指伊莉莎白、黎雅心、砲灰、米娜，還有其他夥伴們。

「還有和其他人一起，製造更多的回憶。」

這是他覺得最重要的一句話，現在終於說出口。

「請妳不要放棄智慧種族，也請妳回到我們身邊，好嗎？」

「韓宇庭。」黑羽不帶感情地開口，「你想要用屬於人類的感情來影響我嗎？我是九龍的審判者，負有審慎裁量的職責，我體內的黑龍理性告訴我，即使回到你們身邊，我們也會因為思考、壽命，以及其他的因素，而和你們漸漸產生差異。」

韓宇庭驚愕地抬起頭。

「也許妳說得對，妳是高貴的龍族，而我們相較之下只是平凡的種族，可是……難道這樣就不能作為朋友嗎？」

「能夠作為朋友嗎？」

「黑羽……妳曾對我說『讓我們無論如何永遠作為朋友吧』，我也要用一樣的方式回應妳，無論如何，我都會作為妳的朋友。我不會在意種族，也不會在意壽命，我會用盡我們一起擁有的所有時間好好相處。」

韓宇庭認真地凝視著黑龍的雙眼，「我相信我們共同的心意可以克服所有難關。」

黑龍長長地嘆了一口氣。

「現在我可以宣告我的裁決了嗎？」

牠掉頭望向九龍之后，紫睛點了點頭。

「我宣布……」黑羽優雅地揚起頭顱，「龍族將會繼續守望魔法世界與智慧種族，我們將再給你們一次機會。」

「唔喔喔喔喔喔！」

靜默的廣場上最先響起的是米迦勒那彷彿無法置信的高喊。

「我們成功了嗎？我們成功了！我們成功了！」

雀躍的次天使族長興奮得語無倫次，甚至轉身抱起德古拉，九尾也又叫又跳地抓住了薩麥爾的臂膀。

被突然抱住的兩名族長連忙咳了兩聲，才讓忘形的二人趕緊分開。

「韓宇庭！」黎雅心高聲喚道。

韓宇庭回過頭來，只見黎雅心、伊莉莎白、砲灰以及米娜，四名好友高興地衝到自己身邊，對於他剛才在龍群之前的勇敢表現，大家都是拚命地摸著他的頭表達鼓勵和感激。

「真是的……」

他聽見黑羽喃喃的細語，轉頭面對黑龍。

「我一直有這個感覺……」他吞了吞口水，「龍同學妳一直沒有變吧？」

「咦咦？」

身旁的夥伴詫異大喊，可是韓宇庭看起來卻是一副胸有成竹的模樣。

「當我凝視著妳的眼睛時就明白了。」

「果然什麼都瞞不了你耶！」黑羽忽然換了一副輕快的語氣，那是眾人非常熟悉的、屬於名為龍羽黑的少女的語氣。

接著，眼前黑龍巨大的身影瞬間模糊，眨眼間化作了穿著佩普洛斯的黑髮少女，走到眾人面前。只不過在流露著如昔笑意的同時，韓宇庭察覺到她的氣質有了改變。

「我本來以為解除封印會造成很大變化的，可是好像不是這樣。」龍羽黑敲著自己的腦袋，吐著舌頭俏皮地對著眾人說。

「既然黑龍已經做出審判，那麼九龍會議也該到此結束了吧？」橙舌問道。

「是呀，雖然結果有點不如人意，不過還是得接受啊！」

「哇哈哈哈，綠爪，聽你的口氣，其實也頗捨不得放棄智慧種族吧？」

「誰說的呢，哼！我只是還對他們存著一點小小的期許。」綠爪噴了噴鼻息，不想承認，「既然已經決議要繼續守護智慧種族了，那麼我去修復之前被我們弄壞的傳送門吧！」

「拜託您了。」四名族長現在最希望聽到的就是綠爪這句話。

綠爪於是抓起了他們，飛離平臺。

「我們也該各自分道揚鑣了。」

「那麼就過幾百年後再見了，彼此保重。」

「妳也保重啊，黃背，遇到委屈儘管來我的火山找我，老子替妳宰了害妳難過的傢伙，哈哈哈哈！」

「嗚哇，殺生是不好的啊，赤牙！」

黃龍慌慌張張地回應，然而紅龍早已乘著張揚的笑聲，迎頭飛入風裡。

緊接著，橙龍和黃龍也一齊起飛。

「九龍會議……就這樣結束了呢。」

聽到一個充滿感慨的聲音傳來，韓宇庭轉過頭，發現變回人形的銀鱗伴隨著藍翼朝他們走近。兩者都是穿著在人類世界時的穿著。

「幹得好啊，韓宇庭，總算沒辜負我的期待。」

「這一切都是鱗銀小姐妳的安排嗎？」

「沒錯。」龍鱗銀點點頭，「我沒有辦法在某個臭老太婆的監視下同時完成兩件事情，只能專注讓藍翼擺脫內心的困擾。至於防止黑羽因為封印解除而迷失自我，就只能交給另一個可以信賴的人。」

「那個人……就是我嗎？」

雖然被利用了，但韓宇庭此刻的心中卻未感到有什麼不適。

「妳剛剛稱呼我什麼呢，女兒啊？」

紫睛的話語聲威嚴地響起，與金尾一同接近眾人。

「妳還是喜歡變身成這種模樣，明明說過了這會妨礙妳的龍族思考。」

「囉嗦！」龍鱗銀不高興地說道，「下等種族們的感情能夠教導我們非常多事情，只會遵照理性做事的妳的想法已經過時了。」

「其實不是這樣的喔。」龍羽黑說道，「妳誤會媽媽了，銀姐。」

銀髮女子露出了龍族少見的驚訝神色。

「即使是九龍之后，也不可能完全捨棄掉情感的存在啊！」金尾開心地說著。

「其實從頭到尾，韓宇庭都沒有對我造成影響喔！」

「耶？」

「噯？」

「咦咦？」

銀髮女子、韓宇庭和他的其他朋友們同時發出了訝異的驚呼，面面相覷。

「我怎麼可能眼睜睜任由自己的兒女失去自我？」紫睛凝視著龍鱗銀說，「只要以自然界中純淨的魔力作為引導來解開封印，就能在傳承力量的同時將過去龍族的精神影響減到最低。你們過去的封印都是這樣解開的，唯一的例外只有藍翼。牠天生擁有比其他龍更強的力量，當初錯估了所需要的魔力量，讓牠必須比同族更加辛苦地控制自己。」

「媽媽一直不斷對我們叼念理性的道理，其實是希望我們更堅定自己對於內心情感的控制。」龍羽黑說道，「我也是得到了黑龍的智慧以後才明白。」

「我們龍族的思考能力比世上任何一個種族都高，再加上強大的力量，只要稍不留意就會引發災難，因此我希望你們都能用理性節制自己。當然若是像妳一樣，以情感推動著行為卻不至於偏離正確的方向，那也是沒問題的。」

龍鱗銀不發一語，但是居然漸漸漲紅了臉。

「這、這麼說來，自始至終我都在做無用功嗎？」

紫睛淺淺一笑，笑容中隱約帶著一股勝利般的情緒。龍鱗銀的表現，就像是個完全逃不出媽媽掌握的小女孩。

「也不盡然如此，或許你們在人類世界時度過的那段時間有著不少的收穫，妳成功地引導了藍翼抗拒心魔。銀鱗，妳合格了。」

「合、合格什麼？」

一道光芒從紫晴的額間射向龍鱗銀眉心。

「從今天起，九龍之首的重責大任就落到妳的身上，這也是妳的同輩們一致的期許。我和金尾已經到了需要尋找下一世代的時候了。」

「這、這個意思是？」

「是的。」紫晴點點頭，「我們要卸下九龍的職責了。」

「新的傳承者應該很快就會來到妳的面前吧，到時候妳可要好好地教導牠們。」金尾說道。

「但、但是，我還沒有做好心理準備……我還有很多事情沒跟妳學啊，媽媽！」

龍鱗銀焦急地大喊，但是紫晴和金尾已經雙雙飛到了天上。

「敢於向自己的母親挑釁的女兒，還有什麼好害怕的？別忘了妳身旁還有許多夥伴。」

紫晴低下了頭，依依不捨地望著自己的兒女。

「黑羽，妳是擁有特殊力量的龍，但也要好好享受在人類世界中的時光，努力向他們學習。妳姐姐做錯事情的時候，記得糾正她。」

「我知道，媽媽。」龍羽黑一副快要哭出來的表情，伊莉莎白和黎雅心一左一右上去牽著她的手，略微表達安慰。

「藍翼，你的姐姐，就交給你好好照顧了。」

「我會的，母親。」龍翼藍同樣不捨地回答。

「慢著，為什麼不是我來照顧他們兩個？」龍鱗銀不滿地抗議。

「光是看妳在人類世界的樣子就知道了吧？少了藍翼，妳還有辦法獨立生存嗎，不要讓我操心啊！」

「嗚！」心虛的龍鱗銀頓時啞口無言。

「再見了。」一句簡單的道別之後，紫睛和金尾兩條龍拍動翅膀，飛向了遠方的天空。

龍鱗銀一句話也沒有說，只是注視著母親最後的身影，直到什麼也看不見了為止。

「好了，既然現在事情已經結束了，翼藍，你開一扇傳送門送我們回人類世界吧！」

「咦，銀姐，媽媽一離開妳就準備欺負藍哥了嗎？」龍羽黑打抱不平地喊著。

「誰欺負他了？」銀髮女子厚顏無恥地說道，「我現在是九龍之首，我的命令誰敢不聽？」

「我裁決這個命令無效！」龍羽黑馬上反駁，「開玩笑的啦，我已經有了不同的力量，這扇門就讓我來開吧！」

說完龍羽黑馬上跑到了空曠的地方，伸手搭建起一扇黑色的傳送門。

「好、好厲害啊……」黎雅心喃喃讚嘆著。

「好方便的能力啊，有了這個本領，以後上學就不怕遲到了吧？」

「臭砲灰，淨打這種鬼主意！」黎雅心哭笑不得地狠敲了一記砲灰的腦袋，「還有羽黑，妳不要露出那種認真思考的表情啊！」

黑髮少女噗哧著笑了出來。

「嘖，這個本事倒是挺不錯的。」

察覺到伊莉莎白言語中喪氣之意的龍羽黑馬上接口：「呵呵，笨吸血鬼，怎麼樣，妳羨慕嗎？不過雖然魔力增強了，卻不能用在打電動上面，確實讓我有些遺憾呢！」

金髮吸血鬼聞言眼睛瞬間一亮。

「好哇，就只有這件事，我無論如何都不會輸給妳的，臭龍！」

「羽黑，歡迎妳隨時來吸血鬼家族的宅第找我們玩。」米娜也笑著說道。

大家爭先恐後地穿過傳送門，龍羽黑的魔法將他們送回各自的家裡，非常方便。最後只剩下住在隔壁的兩家人。

韓宇庭留在了隊伍的後頭，等著最後一個穿過的龍羽黑。

「從明天開始……一切就都又要恢復正常了！」

「是啊！」龍羽黑嘻嘻微笑著，「我很期待呢！」

「嗯嗯！」韓宇庭用力地點著頭，他有太多迫不及待想要和龍羽黑一起聊的事，「明天一起上學吧，

都過了這麼久，學校裡面都……」

前腳才剛跨過傳送門，眼前的景象立時讓他驚訝得說不出話來。

龍家原本漂亮的房子變成了一堆廢墟，在夕陽斜照下，一片破敗。

「這、這是怎麼一回事啊？」韓宇庭大喊。

「糟糕，看來是之前打開傳送門時沒弄好，造成空間崩塌了。」龍鱗銀皺著眉，困擾地說道。

「銀姐，我們現在該怎麼辦？」龍羽黑看來也有些不知所措。

「看來只能搬家了！」

「搬、搬家？」韓宇庭嚇了一大跳，「不是好不容易才回來的嗎，怎麼還要搬家……我說好和羽黑一起上學的啊，鱗銀小姐，妳不能夠用魔法將房子恢復原狀嗎？」

「這要求太困難了，韓宇庭，魔法不是萬能的啊！」龍鱗銀為難地搭著他的肩膀，「雖然我也很遺憾，可是這是無可奈何的啊。我們今晚就先找別的地方住好了。」

說完她就帶著弟妹們離開了。

失落的韓宇庭，心裡好像生出了一種被掏空似的感覺，根本不知道最後是怎麼回到家裡的。

尾聲、鄰家有龍

「喂！韓宇庭，動作快一點啊，我們要遲到了！」

「嗚哇，我知道了啦，羽黑，等等我。」

匆匆忙忙衝出家門口的韓宇庭，看見黑髮少女嘟著嘴，一臉不耐地站著門口等他。

「再不快一點我要拋下你自己走了喔！」

「千萬別……我快好了，嗚哇，又是誰啊？」

急著想往前衝的韓宇庭卻被人抓住了衣領，回過頭來，一名銀髮女子露出了狡詐笑容。

「別走得這麼急啊，韓宇庭，翼藍出去上班了，你就抽空再幫我做一下早餐如何？」

「銀姐，真是的，妳不要再鬧了，我們真的要遲到了！」穿著嶄新制服的龍羽黑生氣地大喊。

「不行啊，鱗銀小姐，現在哪有這個空閒……說起來，為什麼我非得要幫妳做早餐不可啊？」

「因為這是你身為鄰居的義務啊！」

「才沒有聽說過這種奇怪的義務呢！」

「咦咦，現在變得這麼無情啦！」龍鱗銀咂了咂嘴，「聽說我們要搬家的那天，你臉上的表情不是還像要哭出來一樣不捨嗎！」

「那個是……」

韓宇庭一瞬間紅透了整張臉，舉手指著龍家的房屋喊，「我怎麼樣也想不到結果你們居然住到我家另一邊來啊，這算是哪門子的搬家呀？」

「這也是算是一種搬家啊，從左鄰搬到右舍。」

「哪有這樣子的？」韓宇庭大喊，「說起來，鱗銀小姐從第一天開始就一直給我製造麻煩。」

「喂，你這小子，難道是在嫌棄我？」龍鱗銀不懷好意地把他抓過來用力戳臉，「還是你對現狀有什麼不滿，嗯？就算有壞處，但是也有相對應的好處吧？韓宇庭……你覺得鄰居家的美少女是隻龍，不可以嗎？」

這是什麼樣奇怪的問題啊？韓宇庭差點就想要翻起白眼。可是即使被勒住了，他的視線還是透過戶外的欄杆，看見了站在馬路上快要火冒三丈的那位黑髮少女。

啊啊！

原來自己從第一天開始就有了非常清楚的答案。

韓宇庭在呼吸困難中露出了幸福的微笑，並且給出了回答：

「非常可以。」

——《隔壁的美少女是隻龍不可以嗎？04》完

——《隔壁的美少女是隻龍不可以嗎？》全系列完

高寶書版集團
gobooks.com.tw

輕世代 FW156
隔壁的美少女是隻龍不可以嗎？04(完)

作　　者　甚　音
繪　　者　雨宮luky
編　　輯　林紓平
校　　對　林思妤
美術編輯　林家維
排　　版　彭立瑋
企　　畫　林佩蓉

發 行 人　朱凱蕾
出　　版　英屬維京群島商高寶國際有限公司臺灣分公司
　　　　　Global Group Holdings, Ltd.
地　　址　臺北市內湖區洲子街88號3樓
網　　址　www.gobooks.com.tw
電　　話　(02) 27992788
電　　郵　readers@gobooks.com.tw（讀者服務部）
　　　　　pr@gobooks.com.tw（公關諮詢部）
傳　　真　出版部　(02) 27990909　行銷部 (02) 27993088
郵政劃撥　19394552
戶　　名　英屬維京群島商高寶國際有限公司臺灣分公司
發　　行　希代多媒體書版股份有限公司/Printed in Taiwan
初版日期　2015年8月

國家圖書館出版品預行編目(CIP)資料

隔壁的美少女是隻龍不可以嗎? / 甚音著.-- 初版. -- 臺北市 : 高寶國際, 2015.08-
冊； 公分. --

ISBN 978-986-361-178-3(第四冊 : 平裝)

857.7　　103027951

三日月書版

GOBOOKS
& SITAK
GROUP